徳間文庫

混沌《カオス》の城 下

夢枕 獏

徳間書店

目次

第九章　蛟族《みずちぞく》

一

湿った、土の匂《にお》いのする部屋であった。

床は、木である。

荒く削ったダケカンバの板で造られた床であった。

十二畳ほどの広さはあろうか。

中央に、囲炉裏《いろり》が切ってあり、そこで、火が燃えている。

上にあがった煙は、屋根に造ってある煙出しから、外へ出てゆく。

扉は、丸太を重ねて並べ、さらに両側から板を打ちつけた、丈夫なものであった。扉をくぐって入った場所が、六畳ほどの土間になっており、その奥の十二畳分ほどが、木の床になっているのである。

窓は、みっつ、あった。

扉と同じ壁面にある窓がひとつ。

扉をくぐって右側にある窓がひとつ。

正面の壁にある窓がひとつ。

それでみっつである。

扉をくぐって左側の壁には、窓はなかった。

そこは、土の壁であった。

土が、そこにむき出しになっているのである。

扉をくぐって土間に入り、そのまま左へ土間を歩けば、その土の壁である。

その土の壁にも、扉がある。

その部屋――というよりは、小屋へ入ってくるための扉と同様のものが、その土の壁に設けられていた。

湿った土の匂いは、その土の壁と、壁に設けられた扉の向こうから漂《ただよ》ってくるのである。

その土の壁は、月《つき》が原山《はらやま》の斜面である。

月が原山の山麓《さんろく》にあるダケカンバの森の中に、その小屋は建てられているのだった。しかも、その小屋は、森の中にただ建てられているだけではなく、四面ある小屋の一面が、森の斜面に接するかたちに建てられているのである。しかも、斜面と接した面は、壁がない。そのため、そのまま山の斜面が小屋の壁となっているのである。

武蔵《むさし》は、木の床の上で、仰向《あおむ》けになっていた。

囲炉裏を挟んで、反対側に、来輪左門《くるわさもん》が仰向けになっている。

囲炉裏の脇に、素焼きの湯飲みが置かれていた。

そこに、飲みかけの、冷《さ》めた茶が入っている。

天井に走る梁《はり》のひとつから、自在鉤《じざいかぎ》が下げられ、それに、鉄瓶がかかっている。

鉄瓶からは、盛んに湯気があがっていた。

武蔵の頭の先の床に剣が転がっている。

大振りの日本刀――斬馬刀《ざんばとう》であった。

戦場で、馬の脚《あし》を骨ごと断つために造られた剣であった。

「腹が減ったな」

武蔵が、天井に向かってつぶやいた。

「非常食はどうした?」

向こうで仰向けになっている左門が訊《き》いた。

「あるが、まだ、それを喰うわけにはゆくまいが――」

「ならば、茶でも飲んで我慢しておけ――」

「茶は、もう入らん」

「おれたちが、九兵衛《きゅうべえ》の知り合いだということがわかれば、すぐにでも飯にありつけるだろうさ」

「あの短刀で、話が通じてくれることを願ってるよ」

武蔵は言った。

二

ここへ、連れて来られてから、すでに二時間余りの時間が過ぎようとしていた。

蛟族《みずちぞく》の屍体《したい》をふたつ発見した場所で、八人の蛟族に囲まれたのは、三時間半ほど前であった。

自分たちの仲間、モロコとオイカワの屍体を前にして、蛟族の人間たちは殺気立っていた。

「おまえたちが殺したのか？」

と、蛟族の女に、そう問われた。

武蔵と左門は、自分たちではないと答えた。

「誰が殺した？」

そう問うてきたのはその女であった。

「知らん」

武蔵が、ぶっきらぼうに答えた。

「おそらく、しばらく前に、甲竜《こうりゅう》に乗って、ここを通った男だ。足跡を見ればそれがわかるはずだ」

左門が言った。

「ここに、足跡がある」

蛟族の男のひとりが、地面を指さして言った。

そこの草が、甲竜に踏まれて倒れ、はっきりそれとわかる足跡が、そこの地面に残っていた。

「これだけでは、ぬしらが殺してないということの証《あか》しにはならないね」

女が強い口調で言った。

「タガメの姿がないな」

「タガメも殺されたのか」

男たちが、武蔵と左門を囲みながら、互いに言葉をかわしている。

「タガメという名かどうかは知らぬが、蛟族の屍体なら、もうひとつ、あるぜ」

左門が言った。

「なに!?」

「下の川を流れてる最中か、どこかの石の間にでもひっかかっているかもしれねえ」

「本当か？」

「少なくともその蛟をやったのは、間違いなく、甲竜に乗った男だぜ。おれたちの眼の前で、その蛟族を殺したんだからな。おたくたちが、おれの言葉を信用するかどうかはともかくね」

「香林坊《こうりんぼう》の地下に住んでいる、九兵衛を知っている者はいるか？」

武蔵が訊いた。

「丹術士《たんじゅつし》の九兵衛のことなら、知っている」

やや、年配の男が言った。

「我々は、その九兵衛に紹介されて、ここまでやってきたんだよ。シラメという老人はいるか。おれたちは、そのシラメに会いに来たのだ」

「シラメに？」

「そうだ」

「シラメは、我々蛟一族の長老よ。ぬしらが、間違いなく、九兵衛の紹介で、ここまでやってきたのなら、会わせぬこともない。しかし、場合が場合だ」

年配の男は言った。

男は、武蔵と左門を交互に眺め、

「甲竜に乗った男が、我らの仲間を殺したのだとしても、その男と、ぬしらが仲間でないとの保証もないわけだからな」

「本名かどうかは知らんが、その男は、自分の名を言ったよ。九魔羅《くまら》という名前らしい」

「九魔羅？」

「螺力《らりょく》を使う男だ」

武蔵が、螺力という名を出した途端に、男たちの間に、緊張が疾《はし》った。

「螺力だと!?」

「ああ」

武蔵が言った。

武蔵と左門を囲んだ男たちの間で、低い囁《ささや》きがかわされた。

「ひとつ、見てもらいたいものがある」

言って、武蔵は、右手を、ゆっくりとベストの内ポケットへ伸ばした。

そこから、ひと振りの短刀を取り出した。

鞘《さや》に、螺鈿《らでん》の模様が入った短刀であった。

「これを見ろ」

武蔵が、眼の前の女に、ひょいとそれを投げ渡した。

女が、その短刀を宙でつかむ。

「これは？」

女が、鋭く瞳《ひとみ》を光らせながら言った。

「九兵衛から預かってきたものだよ。それをシラメに見せれば、おれたちが九兵衛の知り合いだということがわかるだろう」

武蔵が言った。

蛟族たちは、その場で、小声でやりとりをし、ふたりが、タガメの屍体を下に捜しにゆき、六人が、武蔵と左門を囲んで山を登り、今、武蔵と左門がいる小屋へ、ふたりを連れてきたのであった。

三

小屋から外へは出るわけにはいかなかった。

外に見張りが五人いて、武蔵と左門が外へ出ようとすれば、たちまち剣を向けてくるに違いなかった。

武蔵も左門も、武器を取りあげられているわけではない。

相手が蛟族であるにしろ、五人という人数は、武蔵と左門のふたりなら、しのぎきれない人数ではなかった。

しかし、ふたりの目的は、それではない。

シラメに会うことであった。

「しかし、気になるな」

仰向けになったまま、武蔵がつぶやいた。

「何がだ」

左門が、やはり天井に向かって言った。

「あの、九魔羅という男よ」

「うむ」

「螺力を使う男が、わざわざ廃道を通って、何故《なぜ》、金沢《かなざわ》入りをするのか？」

「そうだな」

「あんたのように、隠密《おんみつ》というのとも違うようだな」

「あの男、隠密にしては、少し、派手すぎる」

左門が、頭を掻《か》きながら起きあがった。

囲炉裏の前に胡坐《あぐら》をかいて、仰向けになっている武蔵を見た。

「なあ、武蔵よ。ここらで、あんたのことを少し聞かせてもらえるかい」

「おれのことを？」

武蔵が顔をあげた。

「壬生《みぶ》幻夜斎《げんやさい》が敵《かたき》だと、言っていたが、いったいどういう事情なんだか、そのあたりのところをな」

武蔵は、起きあがって、左門と同じように囲炉裏の前に胡坐をかいた。

「あんたの事情に、興味があるんだよ。おぬしの使う剣、まったくの独学では、ああはゆくまい――」

「ふん」

「父親の敵と言っていたが、ぬしの父親の名は、何という？」

「唐津《からつ》新兵衛《しんべえ》――」

ぽつりと、武蔵はつぶやいた。

「ほう……」

「九州の鹿児島で、おれの親父は、あの男に殺されたのだ」

「――」

「おれの眼の前でな……」

武蔵の声が、堅くなっている。

武蔵の脳裏に、ひとつの光景が蘇《よみがえ》っている。

倒れ伏した父親の前で、声高く笑いながら立っている男だ。

その男、幻夜斎は、右手を高くかかげていた。

その右手に握られているのは、唐津新兵衛の頭部から、幻夜斎が摑《つか》み出した、新兵衛の脳である。

十二年前であった。

「その時、現場に居合わせたのが、飛丸《とびまる》よ」

「ほう」

「鹿児島の、微塵《みじん》流《りゅう》と水桜《すいおう》流《りゅう》との争いに巻き込まれたのだ」

「巻き込まれた？」

「微塵流についたのが壬生幻夜斎、水桜流についたのが、唐津新兵衛。その時、壬生幻夜斎と唐津新兵衛が闘って、新兵衛が敗れたのだ。脳を摑み出されてな」

「脳を摑み出す？」

「こうやってな」

武蔵は、自分の右手を開き、指先を曲げて、何かをそれで摑み出すような仕種《しぐさ》をした。

「できるのか、そういうことが」

「できるのだ。壬生幻夜斎にはな。いや、幻夜斎だけではない。唐津新兵衛も、それができた。螺力を有する螺人には、それができるのだ」

「螺力で、そういうことができるとは、噂《うわさ》には聴いていたが、本当のことであったのか」

「時間と、空間には、弾力がある。その弾力の幅の中でなら、瞬間的な空間の移動、瞬間的な時間の移動が可能なのだ。螺力によってな。螺力によれば、空間と時間とを、等質のものとして、認識できるのだ」

武蔵がそこまで言った時、扉の向こうに、人の気配があった。

厚い木製の扉が開いて、土間に、人が入ってきた。

蛟族の人間である。

入ってきたのは、五人であった。

そのうちの三人は、すでに、武蔵も左門も顔とその名を知っている。

強い、刺すような光をその眼に溜めた女——イサキ。

武蔵と話をかわした年配の男——アメフラシ。

そして、下の谷へ、タガメの屍体を捜しに行ったふたりの男のうちのひとり、ベラであった。

初めて見る顔が、ふたり、いる。

ひとりは、襤褸《ぼろ》の毛布を身体《からだ》に巻きつけた老人であった。

猿のように、身体が小さく、白髪であった。

もうひとりは、ころころと、丸く太った男である。

色が白くて、しかも、弾《はじ》けそうなほど太っている。

いや、太っているには太っているが、もっと正確に言うなら、肌が張っているのである。

その五人が、土間から上にあがり、囲炉裏を囲んで座った。

自然に、武蔵と左門は並んで、蛟族と向きあうかたちになった。

武蔵と左門の正面に、老人が座った。

右側にイサキとベラが座り、左側に、太った男とアメフラシが座った。

「シラメじゃ……」

ふいに、老人が低い声でつぶやいた。

武蔵と左門が、自分の名を告げた。

老人――シラメが、懐ろへ手を入れて、螺鈿の短刀を取り出した。

「これは、確かに、九兵衛のもの」

囲炉裏の縁に、それを置いた。

「どうかな、九兵衛は、元気か――」

シラメが訊いた。

「酒ばかり飲んでるよ」

武蔵が言うと、シラメは、眼を皺《しわ》の渦の中に埋めて、笑った。

「それはなによりじゃ――」

シラメは言った。

次に、口を開いたのは、年配の男――アメフラシであった。

「おまえたちの言う通りだった。ベラが、下流で、タガメの屍体を見つけた――」

アメフラシは、低い声でつぶやいた。

「さて、おぬしたち、何用があって、金沢からここまでやってきたのかな」

シラメが訊いた。

「頼みたいことがあってね」

武蔵が言った。

「何かな？」

「地下から、金沢城内に潜り込みたいのさ。それに、力をかしてもらいたくてね――」

「なんだと？」

シラメが、濁った眼で武蔵を見た。

武蔵は、そこに座したまま、平然とシラメを眺めている。

「何故、金沢城に？」

「城内にいる男に用事があってね。その男に訊きたいことがあるのさ。城の中に、彌勒堂《みろくどう》の本堂がある。今の彌勒堂は、医術部もかねているから、その外科病棟にその男は、たぶん、怪我人として入院しているはずなのだ――」

武蔵が言った。

「おれもね、金沢城から盗み出さなきゃいけねえものがあるのさ――」

と、左門が言った。

「何かな？」

「丹術士痴玄《ちげん》」

「ほう……」

シラメは、素直な驚きの声をあげた。

「何故、痴玄を盗み出す？」

「わけありでね。おたくらが、協力してくれるんなら、その理由は話さなきゃならないだろうな」

「むう……」

「いくらかは知ってるぜ。おたくら蛟族も、皇王《こうおう》の蛇紅《じゃこう》と、痴玄とはわけありなんだろう？」

「金沢の人間であれば、我ら蛟と矢坂《やさか》家のことは、たいていは知っておるわい」

「だから、そのくらいは知ってるってことだよ。それからもう少しな——」

「もう少し？」

「九兵衛の爺さんとのことだよ。だいぶ古いつきあいになるらしいな——」

「十四年くらいにはなるであろうな」

シラメがつぶやいた。

「九兵衛と仲良くつるんでいた時期があったんだろう？」

「それを言うなら、矢坂家とも九兵衛以上に関わっていた時期があったわい――」

「矢坂家には、蛟の血が混じっているというのは本当か？」

「本当だ」

シラメがつぶやいた。

「九兵衛は、皇王の首が欲しいと、言っていたが、よほどの理由があるんだろうな」

「あの男のことは、我らもよくはわからぬ。わかっているのは、やつが、螺力を研究しておることくらいよ――」

「螺力か――」

「わが祖父は、金沢城初代城主矢坂重明《じゅうめい》――」

シラメは、眼を閉じ、溜息《ためいき》と共に言い放った。

「なに⁉」

「わしは、金沢城の二代目の城主矢坂善明《ぜんめい》の息子よ――」

「――」

「わしは、今年で百二歳になる……」

シラメは言った。

シラメは、眼の前の短剣をしみじみと眺め、それを手に取った。

「ぬしらに聞かせてしんぜよう。わが蛟一族と矢坂家の関わりをな……」

四

初代金沢城主、矢坂重明が、金沢を平定したのは、二〇五八年——異変より数えて四十六年後のことであった。

異変後、中央との連絡はとだえ、道は寸断され、およそ四年余りの混乱期が金沢にはあった。

瓦礫《がれき》の街の中で、およそ十余りの小さなグループが、互いに金沢の覇権を握ろうと、抗争を続けていたのである。

その時、矢坂家も、蛟族も、そういうグループのひとつであった。

蛟族が、その頃拠点としていたのが、旧金沢城跡——金沢大学の地下である。現在の金沢城の地下ということになる。

その地下には、地下一〇〇メートルにわたって、土台となっている岩盤に、無数の亀裂《きれつ》が走っていた。

その自然の亀裂を利用して、蛟族は、そこに、迷路のようなトンネルを造りあげたのである。

蛟族は、長命だが、極端に生殖能力に欠けていた。

当時で、およそ三十人——

稀《まれ》にみる強靭《きょうじん》な肉体を有していたが、他のグループに比べて、極端にその数が少なかった。

当時の金沢の人口は、およそ五万人。

異変直前の人口の、およそ十分の一に減っていた。しかし、それでも、異変直後には人口が四万人もなかったことを考えると、一万人は増えていることになる。

現在の人口はさらに増えて七万人余りになっている。

金沢の人口が、五万の当時、蛟族の血を有する者がおよそ五十人——その仲間が、百人余り。合わせても百五十人ほどの小さなグループであった。

蛟族は、しかし、何かがあれば、地下へ逃げ込めばよかった。地下の、複雑な迷路が、そのまま蛟族の武器であったのである。

何人の追っ手が地下に入って来ようが、いったん地下に逃げ込んだ蛟族を捕えることは、まず、できなかった。

それほどに、地下の迷路は複雑であったのである。

香林坊の、巨大な地下街の瓦礫の下もまた、半分は蛟族の支配下にあった。

旧金沢城の地下の迷路と、その香林坊の地下街とをつなぐ通路も、何本か存在したと言われている。

その蛟族に近づいてきたのが、矢坂重明であった。

矢坂家の当主であった矢坂重明は、蛟族に近づき、蛟族の女、サワラを、自分の妻としてむかえたのである。

矢坂重明、この時二十八歳。

その二年後に、長男の善明――二代目の金沢城主となった男が生まれている。

矢坂家の率いるグループは、およそ、八百人。それが、蛟族と合わせて千人弱。

その人数が、長男の善明が生まれる頃には千五百人になっていた。

その時点で、矢坂家と蛟族のグループは、金沢で三番目の大きさのグループに育っていたのである。

矢坂重明が、五十六歳になる時には、金沢の勢力は、二分されていた。

一方が、矢坂家と蛟族の五千人のグループ。

一方が、黒島《くろしま》組と呼ばれる構成員五千人の極道《ごくどう》組織に近いグループであった。

金沢で生活してゆくためには、このふたつのグループのどちらかに属さなければ、やってゆけない状態にまでなっていたのである。

矢坂家と蛟族、そして黒島組との抗争は、それから七年続いて、終結をみた。

黒島組の組長である黒島弁治《べんじ》の一家を、蛟族の決死隊が襲い、皆殺しにしたのである。

一時は、黒島組が、矢坂家を潰《つぶ》すかという状態にもなったのだが、それで事態は逆転したのである。

矢坂重明が、六十三歳で、金沢の主《あるじ》となったのは、その時からである。

矢坂重明が死んだのは、それから二年後——重明が六十五歳の時であった。

後を継いだのが、矢坂善明である。

その時、善明三十五歳。

二十四歳の時に、やはり蛟族の女、アコヤを妻にむかえて、すでに子をなしていた。

それが、九歳になるシラメであった。

しかし、善明には、もうひとり、女がいた。

蛟族ではなく、人間の女である。

千種《ちぐさ》という女だった。

善明が、城主になった時に、矢坂家と蛟族との闘いが始まったのである。

そして、これが、真に、金沢の主を決める戦いとなった。

矢坂重明を殺したのは、病いではなく、蛟族だと言い出したのは千種である。

アコヤが、重明に毒を盛っているのを見たと千種は言った。

蛟族は、重明を殺し、矢坂家を滅ぼして、自分たちが金沢を手に入れるつもりなのだと。

それがきっかけとなった。

矢坂家と、蛟族の対立が、その時から始まり、ついには、城内を二分しての争いになった。

追われるかたちになったのは、蛟族である。

蛟族は、城を出、地下に潜《もぐ》った。

城の地下である。

城下に隠れ、地下に潜った蛟族との闘いは、金沢を統一するのよりも、さらに歳月をついやした。

およそ、八十六年の時間がかかったのである。

矢坂善明。

矢坂心明《しんめい》。

矢坂源心《げんしん》。

矢坂天心《てんしん》。

闘いが終結したのは、五代目の矢坂天心の時であった。

闘いを終結させたのが、蛇紅皇王――であった。

蛇紅が、金沢にやってきたのは、十二年前である。

四代目の矢坂源心の時であった。

その時、蛇紅がともなっていたのが、痴玄であった。

蛇紅は、不思議な魅力を有した男であった。

磁力のような吸引力があった。

螺力を持ち、その螺力で、城下で様々《さまざま》な奇跡を現わした。

盲《めし》いた人間をなおしたり、足の不自由な人間が、蛇紅によって歩けるようになった。

城下に潜《ひそ》んでいた蛟族の人間を、捕《とら》えたりもした。

蛇紅が、城に呼び出されたのは、蛇紅が金沢に入ってから半年もしないうちであった。

そして、蛇紅は、矢坂源心に仕えるようになったのである。

蛇紅は、城内でたちまち、頭角を現わしてきた。

密《ひそ》かに、〝蟲《むし》〟の開発を説いたのも蛇紅であった。

蛇紅は言った。

金沢が、内部でごたついている間に、周囲の国は、次々に力をつけていると。

もし、内部の敵である蛟族にいつまでも関わっていると、信州《しんしゅう》から攻められた時にひとたまりもないであろうと。

そのために、いったんは絶滅させた〝蟲〟の生き残りを育て、兵器として、〝蟲〟を利用すべきであると。

もし、彌勒堂をおまかせいただければ、一年か二年で、蛟族をかたづけてみせると、蛇紅は言った。

しかし、源心は、蛇紅の言葉を聴かなかった。

内部には、まだ、蛇紅に反発する人間たちも数多くいたからである。

蛇紅が金沢へ来てから、二年目に、源心が死んだ。

かわりに、後を継いだのが、天心であった。

ある時、天心が、蛟族に襲われた。

地下から、地上への出口を塞《ふさ》いでいたのだが、そこを破って、蛟族が城に潜入したのである。

三人の蛟族であった。

その蛟族を、たちまち倒してのけ、天心を救ったのが、蛇紅であった。

その時から、蛇紅は、彌勒堂を、天心からあずけられるようになった。

彌勒堂をあずけられた蛇紅は、すでに弱体化はしていたが、蛟族を一年あまりで、滅ぼした。

残った蛟族十数人が、やっと、山に逃げのびることができたが、蛟族と関係のあった者のことごとくは、捕えられて殺された。

そして、蛟族にかわって、地下を支配するようになったのが、蛇紅である。

蛇紅は、金沢にある寺の地下に〝蟲〟を開発するための研究所を造り、その主におさまったのが痴玄であった。

五

「なるほどな」

武蔵はつぶやいた。

シラメの言葉が終わるまで、誰も口を開かなかった。

終わって、最初に口を開いたのが、武蔵であった。

「それで、今、ここに残っている蛟族が十数人か――」

左門が言った。

「十五人よ」

言ったのはイサキであった。

「今日、三人、死んだわ」

堅い声で、イサキは言った。

「それで、九兵衛とあんたたちの関係は？」

武蔵が訊いた。

「まあ、我らの恩人というところかな」

「というと？」

「八年前、我らが逃げる手助けをしてくれたのが、九兵衛よ——」

「ほう」

「九兵衛が、初めて、我らの前に姿を現わしたのは、十四年前であった。蛇紅と痴玄がやってくる二年前であったか——」

「ふむ」

「気がついたら、あの男、いつの間にか香林坊の地下に住んでいてな、治療のようなことをして、暮らしておった——」

「——」

「やつの目的は、結局、我ら蛟族と接触することにあったのだな。我らに接触してきて、あの男は、その目的を口にしおったわ」

「なんと？」

「城の地下深くに、巨大な螺旋《らせん》が眠っているはずだが、見たことはないかとな——」

「で？」

「ないと答えた」

「本当にないのか？」

「その時はないと答えたということよ」

「あるのか？」

武蔵は訊いた。

「ほう……」

シラメは、ヤニの浮いた眼で武蔵を見つめ、

「おまえもあの螺旋に興味があるのか──」

と言った。

「螺旋はあるんだな」

武蔵は、シラメの視線を受けながら、もう一度訊いた。

「ある」

シラメは答えた。

「あの城の地下に、おそろしく巨大な螺旋が、間違いなく、眠っておる……」

「螺王があるのか、そこに──」

武蔵が声をあげていた。

シラメが、武蔵の顔に黄色い光を溜めた視線を止め、

「おぬし、螺王の名を知っているのか」

そう言った。

「いくらかはな」

「ぬし、どういう素性《すじょう》の人間だ」

「壬生幻夜斎の名は、知っているか?」

「知っておる。九兵衛からも耳にしたことがある。まだ会うたことはないが、並みならぬ螺力の使い手で、不死との噂も耳にしている。時間と空間とを、螺力によって、自在に操るそうな……」

「そうだ」

「伝説かと思うたが、実際にそういう人間がおるらしいな」

「いる。壬生幻夜斎はそのひとり」

「武蔵と言うたか。ぬしと、その壬生幻夜斎とは、どういう関係なのだ」

「幻夜斎は、わが父の敵《かたき》よ」

「敵?」

「幻夜斎に、眼の前で、父が殺された。頭蓋《ずがい》の中から、脳味噌をつかみ出されてな」

「なんと」

「その幻夜斎の居場所を知る者が、城内にいるのだ」

「誰だ?」

「彌勒堂の、兎《うさぎ》の飛丸《とびまる》」

「さっき、ぬしが、城内にいる男に用事があると言うたは、そのことか」

言われて、武蔵はうなずいた。

「そちらの男は、痴玄を城から連れ出すと言うていたが。目的は何だ？」

シラメが、質問を左門に向けた。

「だから、痴玄が城でやっている〝蟲《むし》〟の開発の資料が欲しいのさ。それには、痴玄本人を手に入れるのが一番はやい」

「何のために？」

「おれをやとった人間に訊いてくれ。おれは、自分の仕事をするだけだ」

「ぬしをやとうたは、誰ぞ？」

「それは言えない。商売なんでね」

「武田《たけだ》の間者《かんじゃ》か？」

シラメに問われて、

「さて、どうなのかね」

左門は、頭を掻きながら、とぼけた笑《え》みを浮かべた。

「はっきり、協力し合うことが決まれば、何から何まで隠すつもりはねえよ」

「なるほど」

シラメは、粘り気のある視線で、ふたりを眺めてから、

「ぬしらの話に、我ら蛟族、のらぬわけでもない」

そうつぶやいた。

「それはありがたいね」

武蔵が答える。

「しかし、問題がいくつかある」

「問題？」

「蛇紅よ」

そう口にしてから、シラメは首を左右に振り、

「いや、正確に言うなら、蛇紅の有している螺力よ。やつの螺力に、どう闘いを挑む？　特異な身体を有するわが蛟一族でさえ、やつの螺力の前に、金沢を追われたのよ。我らは、今さら金沢支配には興味はない。興味はないが、あの蛇紅と矢坂一族に復讐《ふくしゅう》する機会があるのなら、それは逃がすつもりはない。しかし、問題は、蛇紅の螺力にどう対抗するかだ……」

「蛇紅の相手は、おれがする」

武蔵が言った。

「ぬしが？」

「ああ」

「螺力が相手ぞ」

「いずれ、壬生幻夜斎と闘うのが、おれの目的だ。螺力に対しては、自分なりに考えてい

ることがある」

「螺力にたち向かうに剣をもってするか」

「剣で闘うが、螺力をふせぐのは、剣をもってするわけではない」

「ほう」

「螺力を乱すには、螺力をもってすればよい」

「ぬしも螺力を使うか」

「螺力というほどのものではない」

答えた武蔵を、シラメが見つめた。

「よし、ならば、ぬしらふたり――いや、どちらか一方でよい。ひとつ試させてもらうとするかよ」

「試す？」

言ったのは、左門である。

「さよう。ぬしらの実力がどれほどのものか見せてもらいたいということじゃ。我らの仲間には、螺力を使う者はいないが、別の能力を持った者ならばいる。その者の相手を、ぬしらのうちの一方につとめてもらおう。仮に、ぬしらの話が信用できるものとしても、しかし、腕がそれにともなわぬのであれば、いくらぬしらが真実を話していたとしても、協力はできぬ」

「――」

「ぬしのその腕が、本物であれば、今、ぬしの言うた、螺力に対する考えがあるというのも信じられよう」

シラメが、武蔵と左門に視線を注いできた。

「ふたりのうちのどちらかというよりは、おれの腕を試したいらしいな」

武蔵が言った。

「そのようだな」

左門がうなずき、

「おれは、余計なことで疲れたくないんでね。武蔵、おまえがやれ」

あっさり、武蔵に役を押しつけた。

「おれがやる」

武蔵が言った。

シラメは武蔵と視線を合わせてから、その視線を、別の男に向けた。

さっきから、黙ったまま、話を聴いていた蛟族の男であった。

色が白くて、はじけそうなほどに、丸く太った男であった。

太っている、と言っても、ゆるんだ肉がその身体についているわけではなかった。白い毬《まり》のように張った肌の下にあるのは、脂肪ではなく、鍛えられた肉であった。

膝《ひざ》に穴のあいたズボンを穿《は》いていた。

胡坐をかいているのだが、折った両の膝頭《がしら》が見えている。

眼が細く、唇が厚い。

シラメは、しばらくその男に視線を注ぎ、

「ホウボウ」

その男の名を呼んだ。

「はい」

ホウボウと呼ばれたその男が、初めて声をあげた。

高い女のような声であった。

「おまえが、武蔵の相手をしなさい」

「はい」

答えて、静かに、ホウボウが立ちあがった。

武蔵も、左手に剣を握って、ぬうっとその場に立ちあがった。

羆《ひぐま》のような巨体に、その部屋が急に狭くなったようであった。

「どこでやる?」

武蔵が訊いた。

「外じゃ……」

シラメが言った。

外へ、出た。

ダケカンバの森であった。

午後の陽光が、斜めに差して、ダケカンバの葉を光らせている。

じきに、山の端《は》に沈む太陽の光が、森の上部を照らしているのである。

武蔵と、ホウボウとは、黙って向かい合った。

武蔵の斜め後方のダケカンバの幹に背をあずけ、腕組みをして左門がふたりを眺めている。

ホウボウの後方に、アメフラシ、ベラ、イサキが離れて立ち、ふたりを見つめている。

シラメは、横手に立って、武蔵とホウボウを、交互に見つめていた。

森が、そこだけやや開けていて、地には柔らかな草が生えている。

斜めに落ちてきた陽光が、武蔵の蓬髪《ほうはつ》にあたって、それを光らせている。

武蔵は、左手に剣を持ったまま、無造作な姿勢でそこに立っていた。

ホウボウは、丸ごしであった。

だぶだぶのズボン。その上に、やはり、だぶついた上着を着ている。

上着のボタンを、ていねいに、上から下まできっちりととめていた。

武蔵よりも、頭半分、背が低い。

しかし、肉の量は、武蔵のそれと、ほぼ同量であった。

「本気でやっていいのかい？」

武蔵が、ホウボウにともなく、シラメにともなく、訊いた。

「殺す気でやってもよいぞ」

言ったのは、シラメであった。

「てえことは、つまり、むこうも、殺す気でくるってことだな」

「そういうことになる」

「へえ……」

そろりと、息を吐き出しながら武蔵は微笑した。

「武器は？」

訊いた。

「そのままでいい」

シラメが言う。

「やりにくいな、丸ごしの人間が相手じゃ」

「気にせんでくれ」

ようやく、ホウボウが口を開いた。

細い眼が、武蔵を見つめて微笑しているようである。

「いいぜ、いつ始める……」

武蔵が言った。

「いつでも……」

ホウボウが言った。

「ホウボウ、殺しちまったっていいよ。本気でやりな」

イサキの声が響く。

「武蔵、おれの出番をあてにするなよ」

左門が声をかける。

武蔵は、ゆったりとそこに立って、ホウボウを見つめた。

この男、どういう技を使うのか。

どういう武器を隠し持っているのか。

それがわからない。

まだ、この距離は、武蔵の間合いではなかった。

もう三歩、深く前に踏み込まねば、剣は届かない。

浅い踏み込みなら四歩。

しかし、ホウボウが隠し持っている武器の種類によっては、すでに、自分はホウボウの間合いのうちにいるのかもしれなかった。

もし、ホウボウが何かの武器を隠し持っているとするなら、その武器がわからない分だけ、自分が不利であった。

「ふん」

武蔵は、剣の柄《つか》に手もかけず、それを左手にぶら下げたまま、足を前に踏み出した。

ゆっくりと、一歩。

二歩。

三歩。

そこで足を止めた。

浅い動きである。

もう一歩踏み込めば、自分の間合いに入る。

そこに立ったまま、武蔵は、ホウボウを見つめた。

ふっ、
と、肉の裡《うち》に気《い》を溜める。

「首ですか?」

ふいに、ホウボウが言った。

「へえ……」

武蔵は、唇を開いて、小さくつぶやいた。

　まさしく、武蔵は、いきなり半歩踏み込みざま、剣を引き抜いてホウボウの首を刎《は》ねる動きを見せればこの男がどう出るかと思ったところであった。

「わかるのかい」

　武蔵は、動かないままのホウボウに向かって、唇を吊りあげてみせた。

「今度は、左腕でございますね」

　ホウボウが言う。

「次は、右腕でございますか」

　ホウボウが、笑ってみせた。

　武蔵が攻撃しようとする先へ先へと、それを指摘してゆくのである。

　おれの思考を読んでいるのか？

　武蔵は思った。

「ふふん」

　武蔵が、自分の唇を、おもいきり吊りあげた。

「首ですか」

　ホウボウが言う。

「頭」

「胴」

「また首」

「左腕」

「脚《あし》」

「胸を突くのですか」

「右腕」

「頭」

言っているその言葉の間隔が、しだいに短くなってゆく。

ホウボウの唇からたて続けに言葉が飛び出てくる。

「胸」

「胴」

「首」

「頭」

「腕」

「突き！」

「眼を！」

ホウボウの額に、小さな汗の玉が浮き出てきた。

武蔵が、凄《すご》い速さで、思い描く攻撃の場所を変えていっているのである。

その速度に、ホウボウがついてゆこうとしているのだ。
ついに、ホウボウが、武蔵の攻撃する場所を口にしなくなった。
武蔵の思考の速度に、ホウボウの口の動きがついてゆけなくなったのである。
それに、ついてゆけなくなったら――
その瞬間に、武蔵の剣は、ホウボウの身体のどこかに潜り込むことになる。
「く……」
と、ホウボウが喉《のど》の奥で声をあげた。
「ぬうっ」
武蔵の唇から、気合いが迸《ほとばし》った。
武蔵の巨軀が倍以上にふくれあがったように見えた。
武蔵が、肉の裡に溜めた気を、気合いと共にホウボウにぶつけていったのである。
武蔵の右手が動いていた。
その右手が、強烈な速さで、真横に振られていた。
「えべっ」
ホウボウが、大きく口を開いて声をあげていた。
ホウボウが、右手で右頬を押えていた。
その指の間から、大量の血が流れ出した。

誰の眼にも、武蔵が、右手で抜き放ちざまに、ホウボウの頬を剣で真横から断ち割ったかのように見えた。

しかし——

右に振られて宙で静止した武蔵の右手には、剣のみならず、何も握られてはいなかった。

剣を握ったようなかたちに握られた右拳が、宙に静止しているだけである。

「ぬ!?」

ホウボウが、右手を離した。

ホウボウの右頬が、唇の端から、耳の下近くまで、きれいに割られて、血まみれの歯がそこからのぞいていた。

「手加減なさりましたな……」

ホウボウが、血まみれの歯を見せて、微笑した。

凄い微笑だった。

「わかったぜ。おたくのは、螺力じゃねえ。肉を読むんだな」

武蔵が言った。

武蔵は、再び、もとの姿勢にもどり、無造作にそこに立った。

すでに、武蔵は、自分の間合いの中に入っていた。

「伝通力《でんつうりき》か」

武蔵はつぶやいた。

「左様《さよう》で」

ホウボウが言った。

「わたしには、人の肉の温度が見えますでな」

伝通力——螺力や念によらず、人の考え、動きを読みとる能力のことである。

人は、たとえば、何かの行動をする時に、必ず予備動作をする。

たとえば、人は、強い力を、自分の肉体から発する時には、大きく息を吸い込む。たとえば、人を右拳で殴る時には、必ず、左の軸足をその人間のいる方向に向ける人間がいる。

視線を、拳を打ちつける場所に向ける。

それが、予備動作である。

人によって、予備動作はさまざまである。

拳で打つ場合、蹴りを入れる場合に、唇を尖《とが》らせて、鋭く息を吐く者もいる。むろん、まったく別の動作が、予備動作である場合もある。

しかし、無数のケースを集めれば共通するものが出てくる。

肉体の予備動作だけではない。

表情も、その予備動作に含まれる。

厳密に言うなら、何かの動きをする場合、何らかの予備動作なしにその動きをすることはあり得ないと言ってもいい。

問題は、その予備動作をどのレベルまで見ぬくことができるかである。

人の肉体——内臓や、皮膚や筋肉の温度を見てとることができれば、普通は眼に見ることの不可能な、肉の内側で生ずるレベルの予備動作も感知することが可能になる。

そして、ホウボウにはその能力があるのである。

天性の能力を、鍛練により、さらに極限にまで推し進めたのが、伝通力である。

伝通力を極めれば、相手の念ではなく、肉の表情を読むことによって、相手の動きや意志までを察知できるようになるのである。

しかし、武蔵の攻撃能力の速度が、ホウボウの伝通力の速度を上まわったのだ。

実際には剣を抜かずに、相手には剣を抜いたとみせて、気で相手の肉を打つ——相手は、剣で斬りつけられたと思い込んで、自らの意志で、自らの肉体に傷をつけてしまうのだ。

たとえば、誰かに催眠術をかけ、暗示を与え、一本の木の棒を、真っ赤に焼けた鉄の棒であると思い込ませる。その後に、その木の棒を相手の肌にあてる。すると、ただの木の棒をあてたその場所に、たちまち火ぶくれが生ずるケースさえあるのである。

焼けた鉄の棒を、そこに押しあてられたのと同じ現象が、皮膚のその場所に生ずるのである。

強い自己暗示は、自らの肉体に火ぶくれさえ生じさせるのである。

ホウボウの場合も同様であった。

むしろ、ホウボウの、伝通力の能力の強さが、かえってその自己暗示を強力なものにしたともいえる。

ホウボウは、武蔵に、剣によって斬りかかられたと思い込んで、そこに傷を生じさせてしまったのである。

「しかし、我ら蛟族《みずち》にとっては、これくらいの傷は、掠《かす》り傷でございます」

ホウボウは、頬の傷の中に、太い指を入れ、そこに溜まった血と唾液を掻き出した。

ゆっくりと、ホウボウは、頬の傷を右手で押えた。

押えたまま、じわりと、武蔵に歩み寄った。

間合いが詰まった。

すでに、踏み込まずに、そのまま、剣でいっきにホウボウの肉を両断できる距離であった。

丸いホウボウの身体が、さらにふくらみ始めていた。

息を吸い込んでいるらしい。

頬を押えたまま、ホウボウが、呼吸を止めた。

ホウボウが、唇を尖らせた。

その唇から、ふいに、黒いものが出現した。

ぶっ！

その黒いものが、ホウボウの唇から、いきなり、武蔵の顔面に向かって飛び出してきた。

「ぬうっ」

武蔵が、腰から剣を引き抜きざま、下から斜め上へその剣をはねあげた。

ぎいん！

金属が金属をたたく音がして、武蔵の剣が、宙を飛んできたものを、横へはじいていた。

それは、黒い鉄球であった。

ホウボウの唇から、直径が二センチ五ミリほどの黒い鉄球が飛び出してきたのである。

「呼弾《こだん》か！」

武蔵が剣を構えながら言った。

「さて、次は、どうかわされますかな」

ホウボウが言って、横へ動いた。

「待てい」

横手から、声がかかった。

声のした方向の、ダケカンバの幹に、ひとりの男が、背をあずけて腕を組んでいた。

長髪、長身の男であった。

黒いズボンを穿いていた。

上半身が、裸である。

ひきしまった筋肉が、骨の周囲を堅く包んでいるのがわかる。

頬の肉が、おもいきり削《そ》げ落ちた男であった。

「やめとけ、ホウボウ。首を素《す》っ飛《と》ばされちまったんじゃ、蛟族だろうと、お終《しめ》えだぜ」

男は言った。

「カマス」

ホウボウが、その男の名をつぶやいた。

「シラメ、そこのでかいのは、これくらいのことで、底を見せるような男じゃないぜ。その男の底が見たけりゃ、相当のことを覚悟しなけりゃ駄目だ――」

その男――カマスは、ダケカンバの幹からゆっくりと背を離し、歩いてきた。

「話は聴いたぜ」

カマスは、シラメの前に立って言った。

すでに、その時には、武蔵は、ホウボウと距離をとって、向かいあっていた。

「やろうじゃねえか。少なくとも、こいつらは、わざわざ蛟族がいると承知で、ここまでやってきたんだ。ふたりでな。九兵衛の短刀も持っていたんだろう。こいつらが、少なくともあの蛇紅の敵だというのは、本当だろうさ」

「カマス……」

「蛇紅が、なにかたくらんでこいつらをよこしたとは思えねえよ。やつなら、兵を連れて、いきなりおれたちを殺しにくるだろうさ」

カマスは、武蔵と、左門に視線を向けた。

「蛇紅の首をとる機会があるってのに、それを逃がす手はねえぜ。おれは、追い剝《は》ぎまがいのことをやって、こんな山の中で生きてくのは性《しょう》に合わねえんだよ。他の者だって、同じ気持ちのはずだろう」

カマスは、周囲に集まっている蛟族の人間を見回した。

蛟族の人間たちの間に、カマスの言葉にうなずく気配があった。

「道は、ふたつにひとつ。そこのふたりをすぐに殺して、また追い剝ぎをやってゆくか、このふたりと一緒に山を降りるかだ」

カマスが、薄い唇に、嘲笑《ちょうしょう》するような笑みを浮かべた。

「このふたりを殺すまでには、おれたちの数が半分以下になってるだろうがな」

「シラメ」

声をあげたのは、イサキであった。

「あたしも、カマスと同じ気持ちだよ」

イサキが言うと、それに賛同する声が、周囲からあがった。

シラメは、無言で仲間の顔を見つめた。

「それとも、そこのふたりを殺すんなら、おれがやってやるよ。このふたりが、おれたちの仲間を殺したかどうかは、もう、問題じゃない。この場所に、蛟が住んでいることを知っている人間は、九兵衛の知り合いだろうと、金沢に帰すわけにはいかねえってことだからな」

カマスが言う。

「蛇紅の螺力と、どう闘う?」

シラメが、つぶやいた。

「昔は、螺力がどういうものか、おれたちもよくわからなかった。蛇紅が使う力が、螺力であるということさえ、すぐにはわからなかった。しかし、今は、螺力についても蛇紅についても、昔以上にわかっている」

カマスが言った。

「螺力についてわかるということと、螺力と闘って勝つということとは、別のことぞ——」

「わかってるさ」

　カマスが言った。

「さっきも言ったが、螺力を相手にする時にはどうすればいいか、おれなりに考えがある」

　そう言ったのは、武蔵であった。

　それを、口先だけでなく、実戦で証明してみせよと言われて、武蔵はホウボウと対決したのであった。

　それは、むろん、螺力とどう闘うかを見るためだけのものではない。武蔵の実力を見、武蔵の腕を見るためのものであった。

　後で、話がつかず、武蔵たちを殺さねばならなくなった時のことを考えにいれて、事前に、武蔵の実力のほどを見ておく意味もある。

　それを承知で、武蔵はホウボウと相対したのであった。

「さっきの、ぬしの攻撃の切り替えの速さは並みのものではない。ある程度までは、螺力と対した時に、そのやり方は通じようが、しかし――」

　とシラメが言葉を切った。

「伝通力のある相手とやる時はともかく、あのやり方があのまま螺力に通じるとは、おれも思ってはいない」

　武蔵が言った。

「では、気を使うか？」

「気？」

「さきほど、ぬしが放った気はみごとであった。しかし、所詮《しょせん》、気は、螺力の一部でしかない。強い気で、螺力を一時制することはできようが、それでは、倍以上のエネルギーを使うことになる――」

「わかっている。おれが、さっき言った方法というのは、もっと別のやり方だ」

「何かな？」

「螺力で、最も恐ろしいのは、まず、螺力の攻撃を直接、自分の肉体に受けることだ」

「ほう……」

「たとえば、螺力で心臓を握られること。たとえば、螺力で脳を掻きまわされることだ」

「うむ」

「まず、それを防ぐか、その攻撃の力を半減させればよい」

「螺力には、螺力をもってと、さきほど言うておったな……」

　シラメが、さぐるような眼でつぶやいた。

「そうだ」

「あるのか、そのような方法が――」

「ある」

武蔵は言った。

「しかし、それは、伝通力相手に見せるものではない。むしろ、無用のものだ」

武蔵は、そう言って、ホウボウに視線を放った。

「武蔵どの。それは、我らの闘いの続きを望まれる言葉かな」

ホウボウが、武蔵の視線を受けて、言った。

「望むも何も、そちらからしかけてきたものだ。おれからしかけてゆく気はない。そちらがやるというなら、逃げはしないがね」

「ははあ」

ホウボウの丸い肉体の中に、何かの力がたわんだようであった。

「やめとけ、無駄に死ぬこたあないぜ、ホウボウ」

カマスが、横手から声をかけた。

ホウボウが、カマスに向きなおった。

「うるさい男だ」

ホウボウが言った。

すると、カマスは、薄笑いを浮かべて、小さく首を振った。

「ならば、死ね」

素《そ》っ気《け》なく、カマスが言った。

「おれの忠告の意味がわからん男なら、生きていてもしかたがない……」

「ならば、おまえが、受けてみるか、カマス――」

言ったホウボウが、割れた右頰を手で押え、カマスを見た。

ホウボウの唇が尖っている。

「やめい！」

シラメが言った時、ホウボウの唇からは、すでに、無数の黒い粒が、カマスに向かって飛び出していた。

その瞬間、
ざわっ、
と、カマスの長い黒髪が持ち上がっていた。

持ち上がって、動いた。

カマスの長い髪が、自ら意志を持つもののように、カマスの顔を、飛んできたものから守るように動いていた。その髪が、宙を飛来したものをはらい落とした。

地に、無数の黒い鉄球が、音をたてて落ちていた。

さきほど、武蔵に向かって飛来した鉄球よりは小さいが、数は、十粒近くあった。

「散呼弾《さんこだん》か……」

カマスが言った。

「ホウボウ、次は、おれの攻撃を受けてみるか――」

カマスの眼が、ふいに、眠そうに細められた。

「やめよ！」

シラメが叫んだ。

「すでに、今日は、三人が死んでいる。これ以上死人を出すことはない。そこの男の実力はすでにわかった。あとは、わしが、結論を出すまでのこと……」

シラメは、そう言って、濁った眼を、武蔵と、そして、左門に向けたのであった。

第十章　激震

一

酒場であった。

狭い店内に、酒と、煙草《たばこ》と、女の化粧の臭いが満ちていた。

さっきから店内にかかっているのは、異変以前の音楽であった。

ビートルズの曲ばかりがかかっている。

今、かかっているのは、「レット・イット・ビー」である。

ＣＤではなく、レコードから再生しているらしい。音がかすれている。盤のあちこちに傷が入っていた。

ボリュウムを大きくしているが、そのレコードの音よりも、店内はざわついていた。

店内に置いてあるテーブルは、どれも、ありあわせのやつをどこからか寄せ集めてきたものらしく、デザインに統一感がない。

飾りも同様であった。

壁にかかっている絵のうちのひとつは、異変前のコミック誌の表紙である。やはり、異変前の、十代の歌手のポスターなども、壁には張りつけられている。

どれも、変色して、一部は破れている。

どうやら、意識して、異変前のそういう調度品ばかりを集めたものらしい。

客は、雑多であった。

葉緑素を体内に有した、緑色人もいるし、首に鰓《えら》のある男もいる。

顔が、ほとんど犬に近い、犬族もいる。

どういうわけか、天井を走っている太い梁に、さっきから逆さにぶら下がっているだけの女もいた。

ペニスが二本ある男は、椅子に座ったまま、やたらとそれを人眼にさらしたがり、音楽に合わせて、交互に勃起《ぼっき》させたり小さくしたりして、女たちの嬌声《きょうせい》をあびている。

そのざわめきの中に、三人の男がいた。

いずれも、三十代初めの、頑丈そうな肉体をした男たちであった。

ひとりは、迷彩服を着て、背に、大ぶりの剣を差していた。

ひとりは、ジーンズにTシャツ姿であったが、やはり、背に剣を差していた。

残ったもうひとりは、よれよれのスーツを着ていた。しかし、スーツの上着の下には、シャツを着ているわけではない。スーツの上着のすぐ下は、素肌であった。その男は、裸の上半身に、そのままスーツの上着をひっかけているのであった。

その男もまた、武器を持っていた。

腰のベルトに、大きなグルカナイフを差しているのである。

その三人の男が座っているのは、カウンターであった。

そこに座って、三人の男たちは、さっきから、店に入ってくる人間ひとりずつに、その場所から視線を送っているのであった。

誰かと待ち合わせをしているか、誰かをそこで待ち伏せしているようにも見える。

どうやら、その三人のうち、一番主導権を持っているのは、迷彩服を着た男らしかった。

店内には、熱気がこもっていた。

動かずにいても、じっとりと汗が浮き出してくる。

「しかし、平四郎《へいしろう》どの、やつは、間違いなくやってくるんでしょうね」

スーツの男が、迷彩服の男に訊いた。

「そう連絡が入ったわけだからな、おそらく来るだろうよ」

平四郎と呼ばれた、迷彩服の男が言った。

カウンターの上には、氷と、ウィスキーらしい液体の入ったグラスがみっつ、置いてあった。

迷彩服の男——平四郎が、そのグラスのひとつに手を伸ばし、それを口に含んだ。

苦いものを飲み込むような顔で、中の液体を飲み込んだ。

「ちっ」

平四郎が声をあげた。

「着色された人造酒ばかりだな」

グラスを置いて、

「ここには、まともな酒はないのか」

小さく吐き捨てるように言った。

スーツの男は、周囲を見回して、

「こいつら、こんな酒でよく酔えるもんだ」

つぶやいた。

「そのかわりに、安い」

言ったのは、ジーンズに、Tシャツ姿の男であった。

その男は、平気な顔で、グラスの酒をあおった。

「よく飲めるな、田島《たじま》——」

スーツの男が、ジーンズ姿の男に言った。

「気どらずに飲んだらどうだ、工藤《くどう》。もっとも、今夜は酔うわけにはいかんがな」

田島と呼ばれたジーンズ姿の男が、スーツの男――工藤に言った。

「壬生幻夜斎、どのような男か……」

平四郎がつぶやいた。

「もしかしたら、すでにこの店内におるやもしれません」

工藤が言った。

「じきに、約束の刻限です」

田島がグラスを置いた。

平四郎が、カウンターの上のグラスを手にとった。

とりはしたが、その着色された人造酒を飲むわけではない。

それを、手に握ったまま、待った。

ふいに、平四郎のグラスの中で、氷が音をたてた。

グラスと氷の触れ合う澄んだ音が響いた。

その音は、一度だけではなかった。

氷とグラスが触れ合う音が、平四郎の右手の中で、鳴り続けた。

「む」

平四郎がグラスを見つめた。

グラスの中で、氷が、回転していた。

グラスを、平四郎が傾けたり回したりして、中の氷を動かしているわけではない。グラスは静止したままである。

しかし、動かないグラスの中で、見えない指に掻き回されてでもいるように、氷が回転し続けていた。

「平四郎どの――」

田島が言った。

すでに、その異変に、田島も工藤も気づいていた。

「む」

工藤が、グラスから店内に視線を移していた。

グラスに注意を向けていることはかえって危険であった。

工藤の視線の前に、ひとりの男が立っていた。

短パンを穿いた、細面《ほそおもて》の、鼻の尖った男であった。

素肌の上に、両袖をむしりとった、革ジャンパーを着ていた。

両腕の肘《ひじ》から手の甲にかけて、金属製と見えるプロテクターを付けていた。

足には、膝近くまである革のブーツを履《は》いている。

そのブーツの脛《すね》の部分にも、腕のそれとよく似たプロテクターが付いていた。

肩近くまである髪を、男は、額に巻いた革のベルトで押えていた。

眼は、細く、鋭い。

「板垣《いたがき》平四郎さんかい？」

その男が、低い声で訊いた。

「そうだ」

平四郎は、すでに、動きを止めた氷の入ったグラスをカウンターに置いて、うなずいた。

店内は、熱気がこもっているはずなのに、その男の周囲には、不思議な冷気がまとわりついていた。

「壬生幻夜斎どのか？」

平四郎が訊いた。

男は、静かに首を振った。

「違うね……」

「何者だ？」

「九魔羅《くまら》」

短く、男は答えた。

「九魔羅？」

「壬生幻夜斎の使いの者だよ」

「ここにはいない。忙しいお方でね。おれがかわりにやってきた」

「なに!?」

「天台《てんだい》の『秘聞帖《ひもんちょう》』があると言うていたな。それは本当か?」

九魔羅が訊いた。

「本当だ」

平四郎が答えた。

「それを見せてもらいたい」

「城へ来れば、見せる」

「駄目だ。見てからだ」

「先には見せられぬ」

「ならばゆけぬ」

平然と、九魔羅が言った。

「なに!?」

平四郎が、声を高くした。

「尖るな——」

九魔羅が、唇に笑みを浮かべ、

「ならば、ゆずって、『秘聞帖』をまちがいなくぬしらが持っておるという証拠を、ここまで持ってこい。そうしたら、城へゆこう」

「壬生幻夜斎本人ならばともかく、おまえに、そのようなことを何故《なぜ》せねばならぬのだ」

「ほう?」

九魔羅が眼を細めた。

「おれを必要としているのではないのか?」

「我らが必要としているのは、壬生幻夜斎どの――」

「もっと正確に言ったらどうだ。ぬしらが必要としているのは、幻夜斎どのの螺力であろうが――」

「ぬ!?」

平四郎が、言葉につまった。

「おまえは、壬生幻夜斎どのの何なのだ」

工藤が訊いた。

「壬生幻夜斎の四天王のひとり、持国天《じこくてん》の九魔羅よ」

持国天――仏教の宇宙観の中心にあるという須弥山《しゅみせん》の東方の守護神の名である。

「ぬしは螺力を持っておるのか?」

「ほどほどにはな」

「それを、我らの前で見せてみよ」

平四郎が言った。

「おれを試す気か」

「そうだ」

「その前に言え、何故、壬生幻夜斎さまの螺力を、金沢《かなざわ》の板垣弁九郎《べんくろう》が必要としておるのだ——」

「それは——」

平四郎が、口ごもった。

「言えぬのか？」

「我が妹——つまり、父板垣弁九郎の娘の沙霧《さぎり》が、業病にかかっておるのだ」

「ほう、ぬしの妹が？」

「そうだ」

「どのような病気だ？」

「身体が腐ってゆく病いだ」

「ほほう」

「普通の医術では治らぬ」

「で、螺力ならばというわけか」

「そのように、蛇紅が言った」

「蛇紅？　そうか、彌勒堂《みろくどう》をあずかっている者が、そういう名であったな。しかし、その蛇紅は、螺力を使うと耳にしているが」

「その蛇紅が、壬生幻夜斎どのを呼べと言うたのよ」

「ほう、それはつまり、蛇紅という者の螺力では、沙霧どのの病いは治せぬということだな」

「そうだ」

平四郎が答えると、九魔羅は、低く笑った。

「嘘がへたな男よ」

「なに!?」

「たかが、城の重役風情の娘の病いが治らぬからと、天台の『秘聞帖』とひきかえに、壬生幻夜斎を呼ぶとは笑止《しょうし》――」

「――」

「病いにかかっておるは、別人であろう。おそらく、五代金沢城主、矢坂天心《やさかてんしん》がその腐りの病いにかかっておるのであろうがよ」

九魔羅が言った。

ぬ!?

平四郎は、言葉に詰まっていた。

「よいわ。病いにかかっておるのは、ぬしの妹の沙霧ということにしておこうよ。で、その病いを治せば、天台の『秘聞帖』を渡すというのだな――」

「そ、そうだ」

平四郎が答えた。

「それならば、話はもどる。まず、ぬしらが、本当に、『秘聞帖』を有しているという、その証拠を見せてもらおうか」

「その前に、おまえが、螺力を持っているという、証拠を見せよ」

平四郎が言った。

「見せておる」

九魔羅が言った。

「なんだと!?」

平四郎が言った時、

「平四郎どの!」

工藤が、声をあげた。

工藤の眼が、カウンターの上に注がれていた。

その理由が、すぐに平四郎にもわかった。

カウンターの上に置いてあったグラスが、五センチほど宙に浮きあがっていたのである。

そのグラスが、動いた。

九魔羅の眼の前まで、宙を移動した。

左手で、九魔羅がグラスを捕えた。

親指と、人差し指で、グラスの縁をつかんでぶら下げた。

九魔羅が、右手の指先をグラスの底にあてた。

「む」

九魔羅が小さく声をあげた。

九魔羅の右手が、グラスの底からグラスの内部に潜り込んでいた。

「むう――――」

平四郎が声をあげた。

九魔羅の右手の指が、グラスの底から潜り込んで、グラスの中の氷をつまみ出していたのである。

九魔羅の右手に、半分溶けかけた氷が握られていた。

その九魔羅の右手が動いていた。

九魔羅の右手が、田島の腹の中に潜り込んでいた。

すぐに、九魔羅の右手が、田島の腹から抜きとられた。

「むぐ……」

田島が、腹を押えて立ちあがっていた。

「どうだ、胃が冷たかろう。今の氷を、おまえの胃の中に入れてやったのだ」

九魔羅は言った。

田島は、まだ、腹を押えていた。

三人とも、言葉もない。

二

そこには、湿った土の臭いが、充満していた。

頭上から、縦に裂けて落ちてきた亀裂が、途中で大きく左右に広がって、広い空間をそこに造っていた。

巨大な亀裂であった。

小さなビルであれば、そこにきっちり入るほどの空間が、そこにあいていた。

その亀裂の底に、黒い、巨大な塊りがわだかまっていた。

亀裂の岩盤によって、左右からはさまれるようにして、それは、亀裂の底の岩盤からそのかたちを見せている。

見えているそれだけで、たっぷり、家二軒分の大きさはあった。

むき出しになった岩盤に、小さく、点々と灯《あか》りが点《つ》いているため、その、巨大な黒いわだかまりが見えている。

暗黒の螺旋《らせん》——

その前に、ふたりの男が立っていた。

闇に溶け込むような黒衣を身にまとった男がひとり。

そして、ずんぐりした、白衣を身にまとった男がひとり。

黒衣の男は、肌が、異様に白かった。

その、両手首と、顔の色が、闇の中に白く浮きあがっている。ぬめるような、軟体動物の肌の白さであった。

どこか、燐光《りんこう》を帯びて、しらしらと光を放っているような、肌であった。

瞳と、髪は、漆黒《しっこく》である。

色があるとすれば、唇の紅である。

薄い笑みを溜めた唇であった。

蛇紅——皇王《こうおう》と呼ばれている男であった。

もうひとりの男は、どこか、爬虫類《はちゅうるい》に似た顔つきの男であった。

眼が小さく、眼と眼の間が離れている。

口が、ぱっくりと左右に広く割れていた。

着ている白衣の下からのぞいているのは、尾のようなものであった。

十二年前、蛇紅と共にこの金沢にやってきた、丹術士痴玄であった。

ふたりは、そこに立ったまま、凝《じ》っと、その黒いわだかまりを見つめていた。

ふたりの頭上高くそびえた、その巨大なものは、今は動かないが、何か、途方もないエネルギーを秘めているような、不気味な迫力を、その裡《うち》に持っていた。

「さすがだな……」

小さくつぶやいたのは、蛇紅であった。

「はい」

痴玄が答える。

「ここで、こうやって対峙《たいじ》しているだけで、身が、裡から震え出すようなものが迫ってくるわ」

「これが、死んでいるとは、とても思えませぬな」

「死んでいる？　これがか――」

蛇紅が、楽しそうに唇を吊りあげた。

「はい」

痴玄が言って、微笑した。

「稀代《きだい》の丹術士痴玄が、なにを死んでいるなどと――」

「今は、死んでいると、そういう意味で申しあげたのですよ」

「今はか」

「今はです」

ふふ、
くく、
と、ふたりが低く笑い声をあげた。

「あと、どのくらいで始まる?」

蛇紅が訊いた。

「五分ほどかと――」

痴玄が答える。

「ここにいて、大丈夫なのだろうな」

「今日のところは、大丈夫であろうと思います。もっとも、危なければ、どこにいるのも同じようなものですが――」

そう言いあって、また、沈黙があった。

ふたりは、静かに、闇の中で、その螺旋を眺めていた。

「昨日、連絡が入ったそうだな……」

　ぽつりと、蛇紅が言った。

「はい」

「ついに来たか、壬生幻夜斎……」

「おそらく、今頃は、〝ソウル亭〟で、板垣の息子と会っているはずです――」

「しかし、問題は、来たのが本当に壬生幻夜斎かどうかだな」

「さようですな」

「だが、とにかく、来たのが壬生幻夜斎の手の者であれば、それでよい。幻夜斎本人でなくとも、四天王の誰かであれば充分よ」

「はい」

「来た者が、帰らねば、次の者が来る。その者も帰らねば、また次の者が来る。その者も帰らねば……」

「いずれは幻夜斎本人がまいりましょう」

「金沢に入った幻夜斎の手の者を捕えて、幻夜斎の居所を吐かせる。吐かねば、そうやって、いずれは幻夜斎を金沢まで引きずり出してくれようぞ」

「はい」

「天台の『秘聞帖』が金沢にあるとなれば、なんとしてでもやって来よう」

「やって来ましょうな」

「かつて、織田信長《おだのぶなが》が、この『秘聞帖』欲しさに、叡山《えいざん》を襲い、僧を殺しまくったのだ。その『秘聞帖』の現物が手に入るとなれば――」

「必ずや」

「うむ」

「しかし、今回やって来たのが、四天王の誰かであるとして、螺力はかなり使えるのでしょう？」

「むろん」

「あれでよかったのでしょうか」

「まずはな。この時刻に、二人、あの店に人を放っている。板垣を見張るともなんとも知らせずにな。なまじ、壬生幻夜斎をさぐらせようとすれば、すぐに気づかれてしまうからな。よほど、気配を断つのに慣れた者でなければ、螺力の達人に気づかれずに、その動きをさぐることなど不可能だ――」

「高性能のビデオカメラと集音マイクを、店内にセットし、〝ソウル亭〟にゆかせた二人の人間にも、同様のものをセットしておきました。ふたりとも、胸に着けたペンが、そういう装置であるとは、気づいておりません。それから、もうひとり、平四郎の部下にも、同様のものを――」

「そうだ。本人が知らぬという、そこが大事なのだ。本人が知らねば、いかな、螺力の達人といえども、知りようがないからな——」

「壬生幻夜斎といえども？」

「壬生幻夜斎といえどもだ」

言って、蛇紅は、また、小さく微笑した。

「ところで、痴玄——」

「なんでしょう？」

「あの片桐《かたぎり》という男をどう思う？」

蛇紅が訊いた。

「なかなか、おもしろそうな男で……」

「うむ」

「おもしろそうですが、癖がありますな」

「癖がある男こそ、うまくつかえば、役にたつ」

「はい」

「あの男、今度やってきたのが壬生幻夜斎であるにしろ、そうでないにしろ、この件でつかってみようと思うが——」

「それはよいお考えで——」

「それにしても、あの片桐というやつ、人を喰った男よ——」

「はい」

「やっと、壬生幻夜斎――楽しみなことだな――」

蛇紅が言った時、痴玄が、小さな眼で、虚空《こくう》を睨んだ。

「そろそろかと思います」

「うむ」

蛇紅と痴玄は、後方に退《さ》がった。

そこに、球形をした、セラミックスの小さな家があった。

その中に、蛇紅と痴玄は入った。

人が、五人ほど立って入れれば、それでいっぱいになる家だ。

窓がある。

その窓から、ふたりは、外を覗《のぞ》いた。

「じきだな……」

蛇紅が言った。

「はい……」

痴玄がうなずいたかどうかという時、ふいに、黒い、巨大な螺旋の表面に、おぼろな、青緑色をした燐光のような光が点《とも》った。

ぽっ、

と、ひとつ、その鱗《うろこ》が点り、次の瞬間に、
ぽっ、
ぽっ、
と、小さな花が咲くように、黒々とした巨大な螺旋の表面に、光が点ってゆく。
螺旋の表面に、無数に浮いた光が、その螺旋に沿って、ゆっくりと動き始めた。
「来るぞ……」
蛇紅がつぶやいた時、大地が、底から震撼し始めた。

三

店内に響いているのは、ビートルズだ。

曲は、「イエスタデイ」にかわっている。

板垣平四郎の耳には、しかし、その曲は届いてはいない。

平四郎は、驚きの眼で、目の前の男、九魔羅を見つめていた。

この九魔羅という男は、今、目の前で、コップを螺力によって宙に浮かせ、そのコップの底から氷を取り出してみせたのだ。

それだけではない。

その氷を、平四郎の部下である田島の腹の中に、直接入れてのけることまでしてみせたのであった。

おそるべき男であった。

「これで足りぬか?」

九魔羅が、笑った。

「足りぬとあらば、ぬしらの脳味噌を、入れかえてやってもよい……」

そこまで言った九魔羅の眼が、ふいに、光を帯びた。

尖った眼の光が、スーツを着た男――グルカナイフを持った工藤に注がれた。

「きさま……」

九魔羅は、工藤のスーツの胸ポケットから、ボールペンを取り出した。

それを指先に握った。

「これはどういう意味だ?」

「意味?」

九魔羅の指の中で、
みしっ、
と、何かがはじける音がした。

九魔羅が、その、ノック式のボールペンを両手の指先に握って、ゆっくりと左右に引いた。

ふたつに、ボールペンが分かれた。

その割れ口から、ころりと落ちてきたものがあった。

それが、落ちきらずに宙に静止した。

宙に静止したそれを、九魔羅が、手に握った。

「見ろ」

九魔羅が、それを工藤の鼻先に突き出した。

超小型のマイクであった。

「マイクだ」

九魔羅が言った。

「し、知らん――」

工藤が言った。

「こいつは、マイクをかねたビデオカメラだな」

九魔羅が、そのボールペンを床に落とし、足で踏みつけた。

ボールペンが、九魔羅の靴の底で、小さな音をたてて潰《つぶ》れた。

「小細工をしたな」

「いや、知らん」

工藤は平四郎を見た。

「おれも知らん」

平四郎は言った。

「こいつで、どこかに、映像と音を送っていたな」

九魔羅は、刃物のような光を帯びた眼で、三人を見た。

三人の心のうちをさぐるような視線であった。

「今回は、特別に許してやろう。天台の『秘聞帖』のことがあるからな。それに、おれは、訊かれて困るような話はしてはおらぬからな」

笑った。

「明日だ」

九魔羅は言った。

「明日同じ時間に、ここで待て。おれが来るか、ここに連絡を入れるかする。それまでに、天台の『秘聞帖』を、本当にぬしらが持っているという証拠を用意してこい。一番いいのは、その現物を持ってくることだ」

九魔羅が、すっと、右手を伸ばした。

その右手が、平四郎の左の胸の中に入り込んだ。

「どうだ。おれの指が、おまえの心臓を撫でているのがわかるだろう?」

九魔羅が、白い歯を見せた。

「あ、ああ――」

唇を歪《ゆが》めて、平四郎が答えた。

「いい心臓だ。丈夫そうだしな。この心臓は、何事もなければ、あと、八十年は動き続けるだろう。何事もなければな――」

そう言って、九魔羅は、手を、平四郎の胸から引き抜いた。

「では、明日……」

そこまで言いかけた九魔羅が、ふいに、言葉を止めた。

「む」

九魔羅が、両手で、両耳を押えた。

「な、なに!?」

九魔羅が声をあげた。

「なんだ、これは!?」

九魔羅が言う。

しかし、三人には、それが何であるのかわからない。

九魔羅の唇が歪んでいた。

明らかな苦痛の色がそこに浮いていた。

「まさか、螺王が、金沢に……」

つぶやいた。

九魔羅の額《ひたい》に、細かな汗が、無数に浮いていた。

そして、ふいに、床が、小刻みに震動し始めた。

「へ、平四郎どの――」

工藤が言った。

立ちあがっていた。

カウンターの奥の棚に並べてあるボトルやグラスが触れあって、小さく音をたてていた。

どろどろという、地鳴りに似たどよもしが、地の奥から響いてきた。

ふいに、揺れがきた。

まず、上下の揺れであった。

店が、その下の大地ごと、上下に、大きくはずんだ。

そして――

ふいに上下の揺れがおさまった。

そして、一秒、二秒、三秒……

三秒にならないうちに、いきなり、店全体が、左右に揺れ出していた。

グラスや、ボトルが床に落ちて音をたてていた。

地震であった。

四

武蔵は、軽々と、山を下っていた。

沢に沿った、小さな、道と呼べない道であった。

獣道《けものみち》に近い。

ある場所では、左右から草がかぶさって、道が見えなくなっている。石や樹《き》の根が、あちこちに顔を出していた。

二日前に、通った道であった。

来輪左門と、ふたりで登ってきた道を、今、三人で下っている。下りのため、登るよりも歩く速度が速い。

武蔵のすぐ後ろに、蛟族《みずち》のイサキがいる。

イサキの後方が、左門であった。

蛟族が、武蔵と左門の企てに協力することになったのである。

ひとまず、武蔵と左門がイサキと共に九兵衛の元にもどり、明日、三人の蛟族が山を降りることになっている。

金沢城侵入の準備のためであった。

しかし、その三人が誰になるか、まだ決まってはいない。

その三人が誰になるか決定されるのは今夜である。

長老のシラメ自身が来るのか、ホウボウが来るのか、カマスが来るのか——。

それは、二日後に、三人が九兵衛の元にやってくれば、わかることであった。

武蔵たちは武蔵たちで、三人が来るまでにしておくことがあるのだ。

午後であった。

金沢には、今夜、入ることになっている。

その方が人眼につかないからだ。

「武蔵——」

後方から、イサキが声をかけた。

「このままゆくと、夜になる前に、街へついちまうよ」

「わかってる」

「どうするのさ」

「手頃なところで、夜までひと眠りするさ」

武蔵が答えた。

イサキが、そのことを問うてきたのは、二度目であった。

下っている間も、黙っていたかと思うと、ふいに声をかけてくる。

「興奮しているのか、イサキ――」

武蔵が、後方の蛟族の女に問うた。

「久しぶりの街だからな」

左門が、イサキの後方から声をかけてきた。

「そんなんじゃないよ」

イサキが言った。

「街へ出たら、いい髪飾りを買ってやろう」

武蔵が言った。

「いらないよ、そんなもの」

「似合うのを、おれが選んでやる」

「からかうんじゃないよ」

「からかってはおらん。服もだ」

「服？」

「そのなりでは、目立つ。若い女は、もう少し身を飾りたてておく方が、かえって目立たない」

武蔵は言った。

イサキの姿は、襤褸《ぼろ》同然のTシャツの上に、破れたシャツをひっかけただけのものであった。

下に穿いているのは、ジーンズの裾を、途中で切り落とした短パンである。

その短パンから、かたちのよい脚が伸びている。

イサキは、十七歳であった。

イサキが身に帯びている武器は、見えている限りでは、ベルトに差した九兵衛の短刀が一本である。

「あまり、いいものはだめだ。おまえは、そこらの街の女よりはずっと美しいから、あまり飾ると、男どもが寄ってきてかなわぬ」

「ばか」

イサキが、照れたような声をあげた。

夕刻近くまで下り、里が近くなった場所で、手頃な樹の陰で休んだ。

三人が、目覚めて街へ入ったのは、夜になってからだった。

街は、ざわめいていた。

丹力車の灯《あか》りが、道路に動き、酒の入っているらしい男や女たちが歩いている。

うろついているノラ犬や、人をよけるため、時おり、丹力車が鋭く、警笛を鳴らした。

繁華街であった。

あちこちに、酒場の看板や灯りが見えている。
そういう店のネオンが点滅している。
三人は、街の喧噪《けんそう》の中にまぎれ込みながら、香林坊に向かっていた。
「待て……」
低くそう言って、足を止めたのは、左門であった。
武蔵とイサキが、足を止めた。
「あれを見ろよ」
左門が、視線で、少し先の酒場の灯りを示した。
そこで、
〝ソウル亭〟
と書かれたネオンが点滅していた。
そのネオンの下に、数頭の馬が繋《つな》がれていた。
そのうちの一頭に、見覚えがあった。
甲竜《こうりゅう》であった。
あの、九魔羅という男が、乗っていたものである。
鞍のかたちが、同じであった。
「あの店に、やつがいるのか？」

武蔵がつぶやいた。

「やつ？」

イサキが囁き声で訊いた。

「あんたたちの仲間を殺した男だ――」

そう言った武蔵の言葉に、

「九魔羅だな」

左門が言葉をかぶせた。

店に向かって歩き出そうとしたイサキを、武蔵が止めた。

「むやみに近づくな」

「何故？　あたしは、あたしの仲間を殺した男の面《つら》を、知っておきたいんだよ」

「しかし、むやみに近づくのは危険だ」

「どうしてよ」

「やつは、螺力を使う。あからさまな害意を持ってやつに近づけば、やつにはそれがわかる――」

武蔵が、はやるイサキの手を握った。

その時――

ふいに、武蔵がイサキの手を放した。

りん。

武蔵は、そこに棒のように突っ立って、天《そら》を見あげ、それから、足元の地面を睨んだ。

「どうした?」

左門が訊いた。

「聴こえる……」

武蔵がつぶやいた。

「何だ。何が聴こえるのだ」

その問いに答える間もなく、武蔵は、両手で両耳を押えた。

大地が、大きく揺れ出したのは、その時であった。

第十一章　夢神《ゆめがみ》

一

いつも、新しい畳の匂いのする部屋であった。
その畳の匂いと一緒に、血の臭いが、その部屋には漂《ただよ》っている。
その血臭《けっしゅう》を消すように、その部屋には常に香が焚《た》かれていた。
床の間があり、そこの水盤に、桔梗《ききょう》が活《い》けられている。
凜《りん》と、張った桔梗の紫の花びらが、その和室に、ほどよい緊張を造っていた。
その床の間を背にして、皇王——蛇紅《じゃこう》が座していた。
蛇紅の前に座しているのは、ずんぐりとした首の太い男であった。
白衣を着ていた。
短い脚を、なんとか折りたたんで正座をしている。

小さな眼の男だ。

しかも、その小さな眼と眼の間が離れている。

どこか、爬虫類《はちゅうるい》を思わせるような顔つきをしていた。

丹術士痴玄《ちげん》である。

座した白衣の下から、尾が出ている。

その尾は、畳の上に、ぼってりと乗り、時おり、小さく、ひくつくような動きを見せていた。

「やはり、壬生幻夜斎《みぶげんやさい》本人ではありませんでしたね」

落ちついた声で、蛇紅が言った。

「しかし、四天王のひとりではありましたな」

痴玄が答える。

「九魔羅《くまら》か――」

「はい」

「会ったのは、板垣《いたがき》の息子でしたね」

「板垣平四郎《へいしろう》と、その部下の田島《たじま》と工藤《くどう》です」

「九魔羅め、工藤の胸のポケットに忍ばせておいた、超小型のマイクに気づいたようですね」

「なかなかの男のようでございます」

「ことによったら、店に仕掛けたマイクやカメラにも気づいていたのかもしれませんね」

「かもしれません」

「それを承知でいたとなると、簡単な相手ではなさそうですね――」

「さきほど、九魔羅が映っている部分のみを編集したものを、ごらんになったと思いますが――」

「見ましたよ」

「九魔羅め、田島の腹に、氷を入れましたな」

「凄い男ですが、そこが、あの男の弱点でしょうよ」

「弱点？」

「螺力を誇示したがるところがです」

「ははあ」

「螺力は、できるだけ、人目にはつかぬように使うものです」

「ひとまずは、皇王さまのお考え通りにことは進んでいるわけですが、どうも、あの板垣親子は、皇王さまに疑いを抱いているようですね」

「わかっています。金沢《かなざわ》城主、矢坂天心《やさかてんしん》の腐り病いの原因は、わたしにあると考えているのでしょう」

「はい」

「それは、かまいません。勝手に思わせておけばよいのです」

「しかし、あの親子、何かたくらんでいるような気がしてなりません」

「いざという時のために、色々と手は打ってあります。板垣には、沙霧という娘がいましたね――」

「はい」

「あの娘は、色々とつかえそうですから」

「色々と、でございますか？」

「はい」

答えて、くく、と、蛇紅は含み笑いをした。

「ところで、ビデオの最後の方で、地震の直前に見た光景を覚えてますか」

蛇紅が、痴玄に訊いた。

「九魔羅が、耳を押えて、身をよじったところですね」

「そうです」

「そのあと、すぐに、地震でビデオは壊れてしまったようですが――」

「ことによったら、地震ではなく、九魔羅が壊したのかもしれませんよ」

「ははあ」

「おまえは、あの、九魔羅が身をよじったのを、何と見ますか？」

「おそらく、我々が、あの時、螺王に対してやった実験に関係があるかと――」

「おまえもそう思いますか」

「はい」

「螺力を持つ者に、あの実験が影響を与えるであろうことは、以前からわかっていたことでしょう？」

「その通りです」

「しかし、わたしには、あの実験は、ほとんど影響をおよぼしませんでした」

「皇王さまは、特別でございますから――」

「なるほど」

「壬生幻夜斎が、どれほどの者かはともかく、特別ということでは、皇王さまは、あの幻夜斎以上――」

「特別か――」

「特別です」

そして、ふたりは、また小さく笑った。

「痴玄、あの片桐《かたぎり》には、ここへ来るように言っておきましたか？」

「言っておきました。ほどなく来るところかと――」

「まったく、あの片桐という男、奇妙な男よ」

「はい」

「あの男、この部屋で、自分を、みごとこの蛇紅に売り込みましたね」

「そうでございましたな」

痴玄はうなずいた。

何日か前——ちょうど、カザフたちの一団と武蔵たちが闘ったおり、その様子をさぐらせるために彌勒堂《みろくどう》の人間を現場へやったことがあった。その時、香林坊の地下の一画が崩れている。

その日、片桐はこの部屋に、やってきたのであった。

「血の匂いがいたしますね」

片桐という奇妙な男は、そう言いながら、この部屋に入ってきたのであった。

片桐は入ってくるなりそこに正座し、卑屈なほど畳の上に額を押しあてた。

「顔を上げよ」

皇王に言われて、ようやく片桐は顔を上げ、

「いや、さすがに蛇紅さまは、腹の太いお方でございますことよ」

片桐が言った。

「それは、どういう意味ですか」

「わたしのようなものと、こんなに近く対面なされるとは。もし、わたしが、蛇紅さまの生命を縮めにやってきた者であればなんとなさいます」

「ほう……」

「このカバンの中に、そういう道具が入っているとしたら？」

片桐が言った。

「ならば、試してみますか？」

「試す？」

「今ここで、わたしを殺せるものなら、そうしてみなさい」

蛇紅が言った。

ふたりは顔を見合わせた。

沈黙の後、先に唇を開いたのは、片桐であった。

「いえ、冗談でございますよ。わたしは、本日、まったく別の用事で、こちらへうかがったのでございます」

「何か、おまえは、おもしろいことを言っていたそうですね。螺力を防ぐことができる、と――」

「はい、申しました」

「それは、本当ですか？」

「本当です。それを、ぜひ、蛇紅さまに知っていただきたく、本日、わたしはここへ参上したのでございます」

「では、それを、ここで見せてみなさい」

「わかりました」

そう言って、片桐は頭を下げ、カバンを引き寄せると、そこで、カバンを開いてみせたのであった。

「これでございます」

そう言いながら、片桐は、そのカバンの中から、奇妙なものを取り出してみせたのであった。

それは、肩あてと、ヘルメットのようなものであった。

どちらも、金属とセラミックスで、表面はできているようであった。

「ほほう……」

蛇紅は、眼を細めて、片桐を見た。

「これについて申しあげる前に、わたしのつまらぬ話におつきあいいただければ、嬉しいのですが――」

片桐は言った。

「かまいません」

蛇紅が言うと、片桐は、大きな動作で頭を下げてから、また、顔をあげた。

蛇紅を見、

「螺力によって、できることは、いくつかございます」

片桐は言った。

「ありますね」

蛇紅が言う。

「そのうちのひとつに、伝心通《でんしんつう》がございます――」

「うむ」

「伝心通と申しますのは、他人の意志を読み、こちらの意志を他人に送るものでございますが、ひと口に申しましても、この伝心通は非常に難しいものでございますね」

「――」

「基本的には、伝心通の能力がある者と伝心通の能力がある者どうしでしか、意志を送りあうことはできません。伝心通の能力のない者の意志を読み、伝心通の能力のない者に意志を送る、これは、むこうにその意志がある場合にのみ、可能なことでございます。むこうにその意志がない場合、もしくは、それを拒否しようという意志が相手にある場合は、極端なほど、送られるものの量が限られてきます。その場合には、相手がこちらに悪意を持っているかどうか、たとえば殺意を抱いているのかどうか、わかるのはその程度のもののはずでございましょう……」

「そうだな」

　蛇紅はうなずいた。

「こちらから意志を送る場合においても、同様です。悪意、好意、そのくらいのものです。伝心通を使う人間の陥り易い穴は、このあたりにもひとつあります。つまり、人は、言葉によってでも嘘をつけるかわりに、意志によっても嘘をつけるということです。その相手に対する殺意を隠して、好意を抱いていると、伝心通の通力者に思い込ませることも、訓練によっては可能であるということです。しかし、伝心通の通力者が、本気でその相手が、自分に好意を抱いているか、悪意を抱いているかをさぐる気になれば、それは可能ですが、しかし――」

「しかし？」

「たとえば、三十人の人間が、眼の前にいたとして、その三十人の人間について、いちいち調べてはいられないということです」

「――」

「皇王さまが、ある時、一時に三十人の人間に会わねばならないことがあったとします。その三十人のうちのひとりが、たとえば皇王さまに殺意を抱いていたとして、その殺意を気どられずに、皇王さまに害をなすことは場合によっては可能でございましょう」

「おまえの言うことは、よくわかりますよ」

「伝心通と申しましても、実際には、声の届く場合には、声によるやりとりの方が、正確な情報のやりとりをするには便利でございます。これはたとえ、伝心通の通力者どうしの意志による会話の場合でも同じです。〝明日の二時に城へ来い〟、たとえば、それだけの情報を、伝心通で正確に送るだけでも、たいへんな時間がかかることになります。伝心通の通力者どうしで、何度も伝心通による会話の訓練をして、はじめて、その通力者どうしが、かんたんな情報のやりとりができるといったところでありましょう――」

片桐は、言葉を切って、蛇紅を見つめた。

片桐は、真面目な顔で蛇紅を見つめ、また唇を開いた。

「このように、伝心通の通力者どうしでも、会話に時間がかかるという、その原因は、どこにあると、蛇紅さまはお考えですか――」

「言葉の問題であろうな」

なめらかに、蛇紅が答えた。

「おう、その通りでございます」

片桐が頭を下げた。

「つまらぬ質問で、蛇紅さまをお試し申しあげたことをおわびします。実は、わたしが申しあげたかったことも、その言葉のことでございます」

「ほう……」

「つまり、眼で見る場合には、文字があります。耳で聴く場合には、音声による言葉がございます。しかし、伝心通の場合には、まだ、意志による言葉が確立されてないのでございます。眼は見える、耳も聴こえる、声を出すこともできる——しかし、それだけでは、相手に自分の意志を伝えることはできません。文字、あるいは音声による言葉——そういう共通の言語、共通の言語の表現方法があって初めて、互いに意志のやりとりができるのでございます。伝心通において、仮にそのような言語があったとすると、いかがでございますか——」

「何が言いたいのですか、あなたは——」

「わたしは、その、螺力を有した人間どうしが、効率よく伝心通によって話をするための、言語の体系を造りあげました」

「ほう……」

「もし、蛇紅さまが、天下をお望みであり、いずれは、他の螺力の使い手の頂点に立とうとのお考えを持っておられるのなら、この言語は、非常に役に立つものであろうと、わたしは考えているのでございます」

「おもしろい」

蛇紅がつぶやいた。

「わたくしが、本日、売り込みにまいりましたのは、それがひとつでございます」

片桐が、畳の上に正座をしたまま、正面から蛇紅を見た。

「もうひとつは？」

「わたくし自身でございます――」

「ほう……」

「本来であれば、彌勒堂で手配中の、武蔵という男と、伊吉《いきち》、武田《たけだ》の間者《かんじゃ》、そして九兵衛《きゅうべえ》という男の誰かを捕え、それをみやげに参上するつもりでございましたが、それがならずに、こうして、手ぶらで参上することになった次第でございまして――」

「おまえ自身を売り込むということは、このわたしに使ってくれということですか――」

「はい」

うなずいて、片桐は、さきほど、カバンの中から畳の上に出したものを、軽く蛇紅の方に押し出した。

「たとえば、このようなものを、蛇紅さまの敵が使用するようなこともあるかもしれません。そのような時に、この片桐めが近くにいれば、色々と役にたとうと思われます」

「これは？」

「螺力から、身を守るためのものでございます」

「ほう？」

「螺力を使う相手との闘いになった場合、一番恐ろしいのは何だと思われますか？」

片桐は、試すように、蛇紅を見た。

「さて――」

「それは、直接、自分の肉体にかけられてくる螺力の攻撃です」

「なるほど」

「その中でも、特に恐ろしいのは、頭――つまり、脳と心臓にかけられてくる攻撃です」

蛇紅を見ながら、片桐が言った。

「もうひとつには眼――というよりは、視神経に加えられてくる攻撃でしょう」

「――」

「他の部位への攻撃は、戦いの最中の攻撃としては、特別に有効ではありません。というのも、螺力による攻撃の力は、手の握力のそれにおよぶものではないからです。ひといきに螺力で心臓を握り潰《つぶ》したり、脳を握り潰したりはできません。よほどの達人でもそれには、多少の時間がかかります。しかし、強い力でなければ圧力を加えることはできます。その圧力を加えられる場所が、脳であったり、心臓であったりする場合は、たとえ、潰れることはなくとも、人の動きに影響が出ます。それで、動きの鈍くなったところを、剣なりナイフなりで突かれて死ぬことになります。螺力で、脳を握り潰すことも、可能には可能と思われますが、よほどの集中力と、それから、螺力を溜めるための時間が必要と思われます。剣を構えて向きあっている時間が長ければ、なんとかそれはできましょうが、剣で斬り結びあっている時には、そこまではできません」

「なかなか、螺力については、知っているようだな」

「いえ。このくらいのことは、誰でも知っていることでございましょう」

「ふふん」

「さらに、螺力の力のおそろしいことは、時間と空間に作用することでございます」

「うむ」

「時間と空間には、この宇宙創成のおりに生じた弾力があるという教えが、超創成理論の中にあります。空間と時間とが、初源の力より分かたれた時、空間の膨脹《ぼうちょう》速度が、時間の膨脹速度を、わずかに上まわってしまったというものです。その差が、空間と時間の中に、弾力として残っているということでございます。その弾力の範囲内であるなら、時空の因果に影響を及ぼさずに、時間軸、および空間軸に沿った物質の移動が螺力によれば可能でございます。そういう時空を利用した闘いは、もはや、常人の考えのおよぶものではありませんが、しかし——」

「なにかな?」

「たとえば、時間と空間を移動させて、別の場所にあった小さな小石を、相手の心臓なり、脳の内部なりに、螺力によっていきなり生じさせるということは、可能でございましょうか?」

「それはできぬな」

「何故でございます?」

「人に限らず、生体の中へ、離れた場所から、異物を生じさせることは、極めて難しい作業だからです。よほど小さなもの——たとえば、鉄の原子およそ十万個分程度の質量のものであれば、可能でしょうがね。もしくは、ほとんど死体に近い人間の体内にであれば、たとえば青酸カリを、〇・二グラム程度ほど送り込むことはできような。しかし、まず、それはよほどの達人でも無理であろうよ」

「ですから、それは何故でございますか。たとえば、螺力によって、ひと振りの剣を、眼の届く範囲の空間に移動させることはできるのに、人の体内に、その刃や石を生じさせることが、何故できないのでしょうか」

「それは、人の生体が、螺力による物体の侵入を、無意識のうちに拒否するからだ」

そう言ったのは、それまで黙っていた、痴玄であった。

「何故、拒否するのでしょう?」

片桐は、痴玄に視線を向けて、訊いた。

「人の、いや、生命の生体は、もともと螺力を有している。螺力は、この宇宙の根源的な力だ。だから、そこらの石の中にも、むろん、生体の細胞の中にも、その力は眠っている。

生体の場合にはその眠っている力が、無意識のうちに発動して、螺力によって自分の生体組織の内部に侵入しようとするものを、排除するのだ。今、もし、わかっていることがあるとすれば、そのくらいであろう」

「つまり、刃物を、螺力によって相手の体内に侵入させることはできないが、あらかじめ、相手の体内に侵入できるだけの運動力を有した刃物を、たとえばその生体のすぐ手前に出現させることはできるわけですね」

「そうだな」

「人の生体は、螺力によって入り込もうとする、質量を持ったものを拒否します。それでもなお、螺力によってそれをやろうとするなら、よほど強い螺力が必要となりましょう。しかし、生体の内部へ、実物ではなく生体を侵入させることは、はるかに楽でございます。たとえば、自分の手や、腕、あるいは手に握った小さなものであれば、生体の内部まで侵入させることはできるわけでしょう?」

「うむ」

　痴玄がうなずく。

「螺力をもってしてもできないのは、まず、硬いものの内部へ、――たとえば石の内部にものを出現させたりすることです。しかし、真空中、あるいは空気や水のようなものの中であれば、物体を出現させることはできるのでしょう」

「ぬしは、何が言いたいのかな?」

痴玄が訊いた。

「螺力にも、色々と、限界はあるということです。しかも、その螺力の限界を、人為的に操作できるということです。それが、さきほど、わたしが出したこれでございます」

片桐が、深々と頭を下げた。

「どう使う?」

蛇紅が訊いた。

「はい」

片桐が、畳の上のものに手を伸ばし、

「これを着用してもかまいませんか――」

「かまいません」

「では――」

片桐が、それを身につけた。

ひとつは、ヘルメットであった。

耳と頭部を、完全におおい、顎《あご》の下で、革のベルトでとめるようになっている。

もうひとつは、肩あてのようなものであった。

肩あて――といっても、使用するのは両肩ではない。左肩のみである。

ちょうど、それを左肩の上にかぶせると、その覆いが、左胸と左背へ前後にかぶさって、上半身の左側を、すっぽりと隠すことになる。

ヘルメットと、その肩あてから、コードが出ていて、そのコードがカバンの中に入り込んでいる。

片桐が、カバンの中に左手を差し込んだ。何かのスイッチの入る音がした。

機械の動き出す微《かす》かな震動音が、静かに部屋に響いた。

「お試しいただけますか？」

片桐が言った。

「試す？」

「わたしの心臓と脳に、螺力によって直接攻撃をかけてみていただけましょうか？」

「よいのか？」

「はい」

片桐がうなずいた。

すっ、と、蛇紅の眼が細められた。

片桐は、静かに微笑しながら、蛇紅を眺めている。

五秒。

十秒。

二十秒。

三十秒……。

「おう……」

片桐が声をあげた。

「感じられます。この機械を使っていながら、ここまで心臓に感じられる螺力をお放ちになるとは、皇王さまの螺力は、並々ならぬもの……」

片桐の、表情の乏しい声の中に、賛嘆の響きが混じった。

「おう。脳に蛇がからみついてきたようでございます。脳の中に、無数の小虫が這《は》うようなな……」

片桐が言った。

ふっ、と、蛇紅が唇に笑《え》みを浮かべた。

片桐の唇から、ふいに、血が流れ出した。

片桐の頬が、ぴくりと動いた。

「ここらで、やめておこうか――」

蛇紅が言うと、片桐が、大きく息を吐き出した。

「なかなかのものよ。普通の人間であれば、十五秒ともたずに死んでいるところです」

蛇紅が言った。

「はい」

片桐は、血にまみれた唇で微笑しながら、口の中から、右手の上に、大量の唾液を吐き出した。

その、赤い血の中に、一本の鋭い針が混じっていた。

「おまえは、少し、しゃべりすぎますのでね。それを口の中に螺力で入れてやったのですよ――」

蛇紅は、そう言って微笑した。

二

蛇紅の表情のない唇に、笑みが浮いていた。

「どうなされました？」

痴玄が訊いた。

「なに、片桐の口の中に、針を入れてやったのを思い出したんですよ」

螺力により、人の生体内に、別の場所から移動させた異物を生じさせることはできないが、人の体内中の空間――たとえば、口の中であるとか、胃の中であれば、それができるのである。

蛇紅が、片桐に対してやったのはそれであった。

蛇紅の唇からゆるやかに笑みが消えた。

「あの片桐と、九魔羅——ぶつけてみるのもおもしろそうですね」

「ぶつける？」

「九魔羅を捕える仕事、片桐にやらせてみようかと思っているのですよ」

「なるほど」

「片桐が失敗すればそれまでの男——」

「うまくゆけば？」

「役に立つ男ということになりますか」

「しかし、あの男がそれをやったら——」

「役には立つが、しかし、危険な男と、そういうことになるのでしょうね」

「どきどきしてまいりますな」

痴玄は、ぞくりと、短い首をすくめるようにして、言った。

「あの男の過去を洗わせていますか？」

蛇紅が言った。

「洗わせております」

「あの男には、いつも、彌勒堂の誰かをそれとなくつけておきなさい」

「はい。今、優男《やさお》を、片桐につけておりますので、何かあれば……」

「優男の手首は？」

「なおして、義手を着けておりますれば――」

「そうか」

「問題は、螺王の方ですが、あれに生命を吹き込むには、いましばらくの時間がかかりそうです」

「どのくらいですか？」

「七日から十日もあれば……」

「ふふん」

強い笑みが、蛇紅の唇に湧《わ》いた。

「この世で、最初に螺王を支配する人間に、このわたしがなりましょう」

「はい」

「信長でさえ、果たせなかったそれを、このわたしがするのです――」

「はい」

「いずれ、京、江戸、どちらかにある大螺王の力も、このわたしが支配することになるでしょう」

「それは、夢物語ではなく、いずれは現実のこととなりましょう――」

痴玄が、細い眼を、さらに細めて言った。

痴玄が笑ったその時、廊下に、人の歩いてくる気配があった。

「片桐さまがまいりましたが――」

女の声がした。

「通しなさい」

蛇紅が言うと、女の気配が消えて、別の気配が廊下を近づいてきた。

「片桐です」

障子戸が開いて、片桐が入ってきた。

障子戸を閉め、膝立ちで畳の上を数歩前に動き、片桐は深々と頭を下げた。

「お呼びでございますか――」

入念に、たっぷりと頭を下げてから、片桐が顔をあげた。

「先日は、なかなかおもしろいものを見せてくれました……」

蛇紅が言った。

「お気に入られたのなら、光栄です」

「おまえの造ったあのヘルメットと胸あてを、使ってみませんか?」

「は?」

「あれが、実戦でどこまで役に立つか、試せる時が来たということです」

「実戦、と申しますと?」

「おまえに、ひとりの男を捕えてもらいたいのですが、とりあえず、それが可能かどうか、明日の晩に、その男を見に出かけてきなさい」

「蛇紅さま。それはつまり、その男が、螺力の使い手であると、そういうことでございますか――」

「その通りです」

「ははあ――」

「気のりがしないとあれば、それはそれで、こちらもまた考えなおしますよ」

「いえ、最初の仕事で、相手を見ぬままに逃げるわけにはゆきません。見て駄目とあらば、夜逃げをいたしますので、まず、相手を見させていただけますか――」

「明日、その男を見てくれればよい。見て可能とあれば、その時に捕えてもかまいませんよ」

「はい」

「その男をビデオに収めたものもあります。なかなかの見ものですよ。そやつめ、螺力を使うて、人の胃の中へ、氷の塊りを入れてみせました――」

「その者の名はなんと?」

「壬生幻夜斎の四天王の九魔羅――」

蛇紅は言った。

「ほほう……」

楽しげな名を耳にしたように、片桐は声をあげた。

三

周囲を覆った、数十万トンのコンクリートの圧力が、部屋の中には満ちていた。

香林坊にある、巨大地下街跡の最深部に近い場所に、その部屋はあった。

四方を、むき出しになったコンクリートで囲まれた部屋であった。

上から、裸電球の灯りがぶら下がっている。

その真下に、テーブルがあった。

テーブルは、ドアであった。

四カ所に、瓦礫《がれき》の塊りが置いてあり、その瓦礫の上に、テーブルがわりにドアが載せてあるのである。

そのテーブルを囲んで、四つのソファーがあった。

ソファーというよりは、よく見ると自動車の後部座席やら、トラックの運転席をそっくりそのまま、ここに持ってきてしまったようなものが多い。

九兵衛の部屋であった。

ドアのテーブルの上には、酒が載っている。

レガシー。

シャブリの白ワイン。

焼酎《しょうちゅう》の霧島《きりしま》。

すでに、どれも栓が抜かれており、いくつかあるグラスに、それらの酒が注がれている。

テーブルを囲んで、五人の人間が、ソファーに腰を下ろしていた。

武蔵。

来輪左門《くるわさもん》。

イサキ。

伊吉。

そして、九兵衛の五人である。

九兵衛は、レガシーを、ストレートで飲んでいる。

だいぶ酒がまわっているらしい。

白髪の生え際から下の皮膚が、赤く染まっている。

「しかし、イサキよ。おめえ、色っぽくなったなあ」

九兵衛が言う。

「金沢から出てゆく時にはまだガキだったに、だいぶ女らしうなったわい」

九兵衛は、なつかしそうに、イサキを見ていた。

「何を言うのよ、いきなり……」

イサキが、顔を赤くして、九兵衛を見た。

「どうだ、イサキ、もう男は知っておるのか?」

九兵衛に問われて、しかし、イサキは答えない。

「知っておらなんだら、武蔵にでも左門にでも、教えてもらえ――」

イサキは、答えずに、怒ったような顔で九兵衛を見ている。

九兵衛は、笑いながら、それを眺めている。

「趣味が悪いな、九兵衛は……」

武蔵が、横から声をかける。

「ふん」

九兵衛がレガシーをまた口に含む。

それを、左門がにやにやしながら眺めている。

いつもは、堅い表情をしている伊吉の顔が、わずかに、笑みを含んだようになっている。

数日ぶりに、武蔵と顔を合わせて、緊張が解けているのである。

「しかし、武蔵よ――」

酒を飲み込んだ、九兵衛が、ふいに真顔になって、言った。

「ぬし、さっきの地震の直前に、何かが聴こえたと言うておったな」

「ああ」

「何が聴こえたのだ？」

「わからん」

武蔵は、胡坐《あぐら》の中に大剣を立て、その柄《つか》を左肩にかけて、組んだ腕の中に抱え込んでいる。

武蔵はしばらく黙り、それから再び口を開いた。

「自分の身体が、震動したのだ……」

武蔵は言った。

「震動だと？」

「うまく言えぬ。どこかで、何かが動き、その動きにおれの身体が共震したような感じと言えばよいか……」

「ほう」

「その、自分の身体が、眼に見えない何かの動きに呼応し、共震したその音が聴こえたような気がしたのだ。いや、そうではない。それ以上のものだった」

そう、九兵衛に告げて、武蔵は黙った。

「なるほど――」

九兵衛は、独りでうなずき、

「実はな、その地震の前に、共震したものがもうひとつ、ある」

低くつぶやいた。

「ほほう……」

左門が声をあげて九兵衛を見た。

「このさらに地下にある、あの螺旋《らせん》よ。ぬしらにも先日見せてやったろうが。オウムガイの形をしたあの螺旋機械が、地震の直前に、ふいに細かく震えだして、音をたてたのだ――」

九兵衛は、左門から武蔵へ、ゆっくり視線を移しながら言った。

「どういうことかな？」

左門が訊いた。

「あんたの螺旋機械と、武蔵とがもし同じものに共震したとなると、それは、つまり、螺旋機械と武蔵との間に、共通する何かがあるってことだな」

「うむ」

九兵衛はうなずいた。

九兵衛と、左門、そして、伊吉とイサキの視線が武蔵に向けられた。

「知らん――」

その視線に、短く武蔵は答えただけであった。

その武蔵を眺めていた九兵衛が、

「ところで、山で会った九魔羅という螺力使いの男と、城の板垣平四郎が、〝ソウル亭〟で会っていたと言うたな――」

そう訊いた。

「言ったよ」

左門が答えた。

「あれは間違いなく、板垣の倅《せがれ》の平四郎だった。ふたり、横にくっついていたが、その三人と一緒に、九魔羅というのが出てきたんだよ――」

「それで？」

「九魔羅は、繋いでおいた甲竜に乗って、すぐにいなくなった……」

「ふむ」

「九魔羅を見送った平四郎が、また明日の同じ時間だなと、連れのふたりに言うのが聴こえたんだよ。もうひとりの連れの男は、あいつ、本当に明日の晩もここに来るのでしょうかと、平四郎にそう言った――」

「平四郎は何と？」

「来るだろうと、そう言っていたな」

左門が言った。

「あたしは、明日の晩に行くよ。あの九魔羅というのを放っておくものか——」

イサキが、声を高くした。

「城で、何かが起こっているようだな」

言ったのは、九兵衛である。

「何が起こっている？」

左門が訊いた。

「すくなくとも、壬生幻夜斎の四天王のうちのひとりを、金沢まで呼びよせねばならない事情ではあろうよ」

「何か、始まりそうだな」

武蔵が低い声で言った。

左門を見、

「とりあえず、城で何がおこりつつあるのか、それを知らねばならぬな」

「明日の晩、ゆくか？」

左門がつぶやいた。

「うむ」

と武蔵が、うなずく。

「あたしも行くよ！」

イサキが言った。

「おまえは駄目だ」

左門が言った。

「何故なのさ」

「おまえは目立ち過ぎるからな。それに、まだ、自分の意識を隠しきる技術も持ってはいまいが」

左門が言うと、イサキが、口をつぐんで歯を軋《きし》らせた。

「平四郎とその部下と三人のうち、誰かを捕えて口を割らせる。何故、九魔羅と会っているのか。今、城の状況はどうなっているのかを、聴き出さねばならないからな――」

左門が言うのを、ふてくされた顔で、イサキは聴いていた。

「そのことだがな――」

九兵衛が言った。

「そのことって？」

左門が訊いた。

「武蔵、おぬしに言われて造りかけていたものが、ちょうどできたのよ――」

「あれがか——」

「うむ。明日は、それを身につけて、〝ソウル亭〟に行った方がよかろう。しかし、その役だが——」

と、九兵衛は、武蔵と、左門を見た。

「——左門くんにやってもらおうか」

九兵衛が言った。

「何故？」

「武蔵、おめえは身体がでかすぎるから、気配をいくら断とうが、姿を見られちまえば、すぐに、誰だかわかっちまう。左門の方が、彼らに酒場の中で近づくにはいい——」

九兵衛は、そう言って、用意していたものを、床に置いていた箱から取り出したのであった。

第十二章　念力通《ねんりきつう》

一

ロックのリズムが、店内の空気を震わせている。

ビートルズの、「ヘイ・ジュード」。

その曲が、店内の喧噪《けんそう》に負けない音量で、鳴っている。

店の隅の、丸テーブルを囲んで、四人の男が座っていた。

迷彩服を着、背に大ぶりの剣を差した板垣平四郎。

ジーンズに、Tシャツ姿で、やはり背に剣を差した田島。

そして、もうひとり、よれよれのスーツを素肌の上に着て、腰のベルトにグルカナイフを差している工藤。

まず、その三人が、丸いテーブルの一方の半円に腰を下ろしている。

もう一方の半円の中央に、腰を下ろしているのが、九魔羅であった。

緑色人のウェイターがやってきて、テーブルの上に、ビールの入った四つのジョッキを置いていった。

緑色人が去ると、空気に植物の香が、しばし残った。

顔を見合わせて、四人の男は、ビールに口をつけた。

しかし、飲んだ量は、それぞれひと口ほどである。

「昨夜の件については、すまなかった——」

ジョッキをテーブルに置いて、平四郎が言った。

超小型のマイクの仕掛けられたボールペンが、工藤のスーツのポケットに入っていたことについて、平四郎は言った。

「ふん」

九魔羅は、平四郎と田島を見た。

「あんたたちが、嘘をついてないらしいということは、わかった。しかし、もっとよくわかったことがある——」

「——」

「おまえたちが、とんでもない間抜けだということがな——」

「なんだと?」

田島が、興奮した声をあげた。

高い声だが、店の喧噪に消されて、周囲には届かない。

昨日もいた、ペニスの二本ある男が、むこうで、盛んに女たちの嬌声を浴びていた。

首に、鰓《えら》のある男が、しきりに煙草を吸って、その鰓から煙を出している。

雑多な人種が、その店内に溢《あふ》れていた。

「落ち着け——」

平四郎が、田島を押えた。

平四郎が、九魔羅を見、

「あれは、こちらの不注意だった」

「誰が仕掛けたものだったのだ？」

九魔羅が訊いた。

「わからん」

「わからないだと？」

「しかし、見当はつく」

「ほう」

「敵は、外部にばかりいるのではない。内部にもいるということだ——」

「金沢城の中でも、派閥の争いがあるということだな」

「そのことについては、明日中にもわかるはずだ」

平四郎が言った。

「ところで、持ってきたか？」

「ああ。天台の『秘聞帖』をな――」

「へえ――」

九魔羅の眼が光った。

その眼が、平四郎を見、小さくすぼめられた。

「この店を出るぜ」

九魔羅がふいに言った。

「なに？」

「マイクといい、カメラといい、誰かが、我らがここで会うってことを知ってたってことだろう。今夜も、この店のどこかに何かが仕掛けられているかもしれぬ。この店は信用できない――」

「――」

九魔羅が、平四郎を見る。

「出る」

「わかった……」

四人が立ちあがった。

平四郎が、カウンターの上に、金を置いた。

歩き出しながら、九魔羅が、平四郎に言った。

「おまえの仲間が、他にも店内に何人かいるだろう？」

「――」

「いるな」

念を押すように九魔羅が言った。

「いる」

「その仲間に、後を尾行《つ》けぬように言っておけ。わかったな」

「しかし、『秘聞帖』が――」

「どうせ、コピーか何かで、原本ではないのだろう。後を尾行してくるやつは、皆、敵としてあつかうぜ。話をする場所は、おれが決める。その場所へ着く前に、おれたちの後を尾行《つ》けさせて、敵を片づけておく。その方が、ぬしらにとってもよかろうが――」

平四郎が迷ったのは、わずかであった。

「わかった」

平四郎はうなずき、横手にいた、ウェイターの緑色人に近づき、

「外へ出る。誰にも後を尾行《つ》けさせるな。わかったか――」

そう言った。

「しかし……」

「いいんだ。われわれだけでなんとかする。尾行してくるやつがいれば、それが、敵ということになる」

「──」

「いいな」

「はい」

緑色人がうなずいた。

そうして、平四郎たち四人は、〝ソウル亭〟を出たのであった。

二

外へ、出た。

〝ソウル亭〟の前に繋がれていた無数の馬が、高い声でいなないた。

そこに甲竜が繋がれていた。

九魔羅は、甲竜の手綱をほどき、軽く甲竜の尻を叩いた。

甲竜は、顔を月の天《そら》に向け、首をいっぱいに伸ばし、身をひと揺すりした。通りをゆく人間が、甲竜のその動きに足を止めた。普通の馬よりふたまわりは大きいこの動物が動くと、さすがに人眼をひいた。

甲竜は、一度だけ九魔羅に眼をやり、そして、歩き出した。

九魔羅は動かない。

そこに立って、甲竜が、夜の通りを向こうへ歩いてゆくのを眺めているだけである。

「いいのか？」

平四郎が訊いた。

「この方が、動きがとれるからな。何かあっても、またここへもどってこなくてすむ――」

「甲竜は？」

「いらぬ心配だ。やつは、どこでおれを待てばいいか知っているからな――」

九魔羅は言った。

「どこへゆく？」

平四郎が訊いた。

「ついて来い」

九魔羅が言って、そのまま歩き出した。

人混みの中である。

ネオンと、街灯の灯りが、その通りには満ちていた。

九魔羅の横に、平四郎が並び、その後方に、田島と工藤が続いた。

「尾行《つ》けてくる者はいるか?」

平四郎が、後方のふたりに、低く声をかけた。

「はい、ひとり、我々と一緒に店を出てきた者がいます――」

田島が答えた。

「違うな――」

九魔羅が言った。

「一緒に出たのはひとりだが、遅れて出てきたのがふたり。裏手の方の出口へ向かった人間がひとりだ――」

九魔羅が言った。

「なに!?」

「始めから店の前にいて、我々が出てくるのを待っていた人間もいるかもしれぬ」

「む」

平四郎が後方を振り返ろうとする。

「かまうな。おまえたちは、おれと一緒に来ればいい。尾行者の心配はおれがする」

九魔羅が低い声で、きっぱりと言った。

「見せろ」

九魔羅が横にいる平四郎に、片手を差し出した。

「何をだ？」

「天台の『秘聞帖』よ。持ってきてるんだろう」

「ここで見せるのか？」

「そうだ」

「どこかへ行くのではないのか？」

平四郎が訊くと、九魔羅が首を振った。

「話は全て、歩きながらする。『秘聞帖』を見るのもな」

「――」

「出せ」

平四郎は、迷彩服の内側に右手を入れて、ゆっくりと、分厚い茶封筒を取り出した。

九魔羅が、その封筒を、平四郎の手から取った。歩きながら、その中から紙片を取り出した。

「やはり、コピーか」

九魔羅がつぶやき、それに、眼をやった。

筆文字であった。

筆文字で書かれたものをコピーしたものである。虫喰いの跡まで、きれいにコピーがとれているそれに、街灯の灯りを使って、九魔羅が眼を通してゆく。

「ふむ」

うなずきながら、コピーをめくってゆく。

最後までめくり終え、九魔羅は、それを閉じた。

「途中までか？」

平四郎に訊いた。

「そうだ」

「残りは？」

「残りは読ませるわけにはゆかん。残りは、おまえが仕事をしてからだ」

「小賢《こざか》しい真似をしたな」

「しかし、それで、少なくとも、それが本物の『秘聞帖』であることがわかったろう」

言われて、九魔羅は、首を振った。

「この程度のしろものなら、これまでに三度はお目にかかってるよ」

「なに!?」

「その三度とも、それは偽物だったぜ」

「これは本物だ」

「偽物だと、断定できないことは認めてやるよ。しかし、それが本物であると断定もできない……」

「本物さ」

「本物であれば、大螺王がどこにあるのか、それが記されてなければならぬ」

「それは、後の分だ」

「おれをたぶらかすつもりかよ――」

「たぶらかしはせぬ」

「おめえに、直接、『秘聞帖』のその先に何が書いてあるかを訊いてやってもいいんだぜ――」

「おれは知らん」

「知らねえ？」

「おれも、実は、眼を通したのは、今回のそのコピーが初めてなのだ」

「本当か？」

「ああ」

「さぐるぞ？」

九魔羅が言った。

言った時には、九魔羅の眼が、強い光を帯びた。

「ぐっ」

声をあげて、平四郎が両手で両耳を押えた。

呼吸ができないのか、大きく口を開いて、周囲の大気を肺の中に吸い込もうとしている。

しかし、大気はいくらも肺の中に入ってはいかないらしい。

「本当らしいな……」

九魔羅がつぶやいた。

ごう、
と、音をたてて、平四郎が息を吸い込んだ。

「きさま！」

工藤と田島が、グルカナイフと、剣の柄《つか》に手をかけて、九魔羅を囲んだ。

「やめとけ、それどころじゃないぜ」

九魔羅が、低い声で言った。

「なんだと？」

その時には、工藤もグルカナイフをその手に握っていた。

「わからんのか。丹力車が一台、ずっと尾行《つ》けているのを」

九魔羅が言った時、背後から、低いエンジン音が、四人に迫っていた。

急速に、そのエンジン音が高まった。

四人が、後方を振り向いた。

一台の丹力車が、すぐ眼の前に迫っていた。

青天井車——オープンカーであった。

その丹力車は、止まらなかった。

四人が後方を振り向くのと同時に、丹力車はさらにスピードをあげていた。

「逃げろ！」

九魔羅が言った。

平四郎、田島、工藤が、大きく横へ跳《と》んで転がった。

九魔羅だけが動かない。

走ってくる丹力車のヘッドライトが、正面から九魔羅の身体を叩いた。

九魔羅は、迫ってくる丹力車の運転席を睨んだ。

「ぬうっ」

九魔羅が、歯を噛んだ。

その一瞬、運転席の男が、びくん、と身体をこわばらせた。

その男の、両耳、鼻、口から、しゅっと血がしぶいていた。

フロントガラスに、赤い飛沫をぶちまけて、男は、ハンドルの上に上半身を突っ伏していた。

しかし、勢いのついた車は止まらなかった。

そのまま、九魔羅にぶつかってきた。

九魔羅は、大きく跳躍していた。

跳躍して、いったんボンネットの上に飛び乗ってから、フロントガラスを飛び越え、助手席に降り立った。

ハンドルの上に突っ伏した男を、蹴り落とした。

運転席に座った。

ブレーキを踏んだ。

スピードが落ちた。

「おまち下さい……」

後部座席から、声がかかってきたのは、その時であった。

「停まらずに、真っ直ぐ行ってもらえませんか。九魔羅さん……」

と、その声は言った。

片桐の声であった。

「ゆっくりあなたとお話がしたいのですよ——」

片桐は言った。

「どこにいる？」

九魔羅が言った。

「バックミラーをごらん下さい」

片桐の声が言った。

九魔羅が、バックミラーを覗く。

三〇〇メートルほど後方に、一台の丹力車が、九魔羅がハンドルを握った車と同じ速さでついてきていた。

「そうです。その丹力車にわたくしが乗っているのでございます」

後部座席から声が聴こえてくる。

どこかにマイクが仕掛けてあるらしかった。

「何者だ？」

ゆっくりと、車を走らせながら、九魔羅が言った。

「片桐と申します」

声が言った。

平四郎、田島、工藤の三人が、走りながら九魔羅の丹力車を追ってくる。

九魔羅の丹力車のスピードの方が、三人の走る速度よりも速い。

「その邪魔な三人をふりきって、スピードをあげて下さい。わたくしも、三人を追い抜いてついてゆきますので——」

「ふふん」

九魔羅が、スピードをあげた。

たちまち、三人が後方に取り残されてゆく。

「九魔羅どの、どこへゆかれるか？」

平四郎が声をかける。

右手に、『秘聞帖』を握って走ってくるその姿が、バックミラーに小さくなる。

「明日、連絡をする」

九魔羅がハンドルを握ったまま叫んだ。

その声が、平四郎に聴こえたかどうか。

「そのままお進み下さい」

片桐の声が言った。

「城の方角だな」

「さようでございます」

「この丹力車は囮《おとり》だったのだな。あれだけ、気配も断たずに襲ってくるので、おかしいと思ったのだが――」

「金で雇いました者でありますれば――」

「ふん」

「あなたには、ぜひ、その車に乗っていただくつもりだったのですが、自ら乗っていただけるとは思いませなんだ」

「おれが乗らねばどうした？」

「このマイクを使って、乗っていただくようにお頼み申しあげるつもりでございました――」

「マイクで？」

「この車で、あなたさまを傷つけられるとは、もとより考えてはおりません。運転している男を倒せば、この車にあなたが近づいてくるでしょうから、その時に、マイクであなたに声をかけようと――」

「車に乗るようにか？」

「はい」

「乗らねばどうする」

「必ず乗っていただくつもりでした。事実、今、こうやって乗っていただいております」

片桐が言った。

その時、九魔羅が急ブレーキを踏んでいた。

通りの中央で、丹力車が停止した。

三〇メートル後方で、ついてきたもう一台の丹力車が停止した。

「降りると言ったら？」

「お降りになるつもりであれば、あなたさまごと、その丹力車を爆破いたします――」

「爆破？」

「プラスチック爆弾を運転席の下に仕掛けてあります。こちらのスイッチ操作で、いつでも爆発させることができます。あなたが、いかに螺力をお使いになられようと、それはふせげないでしょう」

片桐が言った。

く、
く、
く、

と、九魔羅が、楽しそうに声をあげた。

「用意のいいことだな」

「恐縮でございます」

片桐の、喰えない声が響く。

「三〇メートル以上、おれに近づかぬというのも、おれの螺力を警戒してのことか？」

「はい」

片桐が答えると、また九魔羅が声をあげて笑った。

小さい音がして、ふいに、運転席の前にある灰皿が、中から押し出されてきた。

そこに、すでに火の点《つ》いた煙草が一本、入っていた。

「それを、一本、いかがですか。吸い終えるまでには、決心をしていただけると思います」

片桐の声が、後部座席から響いてきた。

「そちらから、いつでもこの丹力車を爆破できるということを見せたわけだ」

九魔羅は、その煙草に手を伸ばし、それを口に咥《くわ》えた。

「ですから、さきほども、もし、乗っていただけない場合には、あなたごとこの丹力車を爆破させるつもりだったのですよ」

片桐の声は、淡々としていた。

通りを歩く人の数が減っている。

すでに、街の中心部は出ているのである。

「なら試してみるかい」

九魔羅が、煙草を深く吸い込んでから言った。

「試す？」

「だから、この丹力車を爆破して、おれがほんとうに死ぬかどうかをだ」

「困ります」

「ほう」

「試すだけで、そのようなことをしても、誰の得にもならないからでございます」

「誰の得にならないのだ？」

「あなたさまの得にもわたくしの得にもなりません。そして、わが主《あるじ》の得にもなりませ
ん」

「主？　おまえの主とは誰のことだ？」

「まだ、その名は申しあげられません。その主より、あなたさまを捕えてお連れせよとの
命を受けました。捕えられねば……」

「殺してもいいと？」

「はい」

くったくのない声で、片桐が答えた。

「用件は？」

「いらしていただければ、わが主の口から直接、その用件を申しあげます」

「ふん」

「ひとつだけなら、その用件について、申しあげてもかまわないでしょう」

「言えよ」

「わが主が知りたがっていることのひとつは、ある人物の居所についてでございます」

「ある人物？」

「わが主は、壬生幻夜斎の居所について、知りたがっております」

片桐は言った。

三

市場の混雑の中を、他の群衆より、肩から上だけ飛び抜けた男が歩いている。

蓬髪《ほうはつ》の男だった。

ぼうぼうと伸びた髪を、頭の後方で束ねている。

革のベストを着て、ジーンズを穿いていた。

背に、大剣を負っている。

武蔵であった。

その武蔵の横を、若い女が歩いている。

眼に、鋭い光を持った女だった。

女の身長は、武蔵の肩くらいまでしかない。

ジーンズの上に、ざっくりとした、大きめの麻のシャツを着ていた。

髪にはきちんと櫛《くし》が入っていた。

唇には、薄く紅をひいている。

女のシャツの胸に、首からペンダントが下がっていた。甲竜の甲羅で造った、竜のペンダントであった。

しばらく前に、武蔵が、買ってやったものである。

人混みの中であった。

夜である。

ふたりの周囲の商店は、どれも露店であった。道の左右に、ひしめくように、様々な物売りが店を広げているのである。

昔ながらの、野菜や果物を店頭の台の上に溢れさせている店もあれば、奇形野菜や奇形果実専門の店もある。

生活用具の鍋《なべ》や包丁を売る店もあれば、生きた魚を売っている店もある。

そこでそのまま調理をして、客に立ち喰いをさせている料理屋や、お好み焼き屋もある。

ラーメン屋の前は、特に混雑が激しい。

人の渦だ。

店を照らしているのは、上からぶら下がった、裸電球である。

人の汗の臭いや、ラーメンのスープの匂い、焼ける醬油《しょうゆ》の匂い、肉の匂い——そういうものが、混沌《こんとん》として空気の中に溶けている。

武蔵は、その人混みの中を悠々と歩いている。

周囲を歩いているのは、むろん、人の姿をしている者たちばかりではない。

飛べない翼を持った翼人もいれば、獣の四肢を有した混交種の人間もいる。

翼人専門に相手をしている、衣料品屋の親父が、新しいタイプの上着が発売されたと、おそらくは、三年前からと同じ台詞《せりふ》を叫んでいる。

武蔵の横を歩いている女——イサキは、どこか、怒ったような顔で、前を睨むようにして歩いていた。

「どうだ?」

武蔵が、イサキに声をかける。

しかし、イサキは答えない。

前を向いて歩いている。

「どうだ?」

と、もう一度武蔵がイサキに声をかける。

「何がさ」

イサキが言った。

「気分はどうだ」

「気分？」

「前から歩いてくる男たちが、みんな、イサキを見てゆく」

「何を言ってるのさ」

「だからどうだ？」

また、武蔵が訊いた。

イサキは答えない。

「そんなに悪い気分ではあるまい」

「ばか」

「化粧をひかえめにしといてよかったな」

「からかうんじゃないよ」

「からかってはおらん」

武蔵は、つぶやいた。

武蔵の言う通りだった。

前から歩いてくる男たちの多くが、イサキの容姿に視線を向けてゆく。しなやかな、野生の獣のようなオーラを身にまとった若い女の姿態に、皆、一瞬、その眼を奪われているのである。

ジーンズと、たっぷりした麻のシャツが、かえって、イサキの姿形を際立《きわだ》たせているのである。

胸は、大きく前に突き出し、ウェストが細い。

そのウェストに、ウェストバッグをつけている。黒いベルトの、鮮やかな赤のウェストバッグだ。

それに、イサキは、強い、刺すような美貌を有している。

男たちが、その顔や、胸や、ウェストや、尻や脚に視線を向けるのはむりはない。

もし、イサキと一緒に歩いているのが武蔵でなかったら、声をかけてくる男はひとりやふたりではあるまい。

「それより、あっちの方はどうなってるのよ」

イサキが言った。

「あっち？」

「左門の方だよ。気にならないのかい」

「気にはなるさ」

武蔵は気にしているとは思えない口調で答えた。

「なら、行こうよ」

「ソウル亭にか？」

「おまえは、放つ気が強すぎるからな。自分に敵意を抱いている人間が近づけば、螺力を持っている人間には、すぐにわかる──」

「一〇メートル離れていればいいんだろう?」

「いや、もう少し、確実なところでは、三〇メートルは離れてなければ、九魔羅に気《け》どられる」

「ならば、三〇メートル離れた場所まででいいからさ」

「いかん」

「あんた、まさか、今夜、あたしを誘ったのは、あたしが現場にいかないように監視するためかい?」

「そうさ」

言われて、武蔵は溜息をつき、

「困った女だな」

太い指を髪の中に突っ込んで、頭を掻いた。

その時であった。

前方の人混みの中に、ざわめきがおこった。

人が、口々に声をあげている。

「甲竜だ」

「危ない」

「よけろ」

そういう声があがっている。

人垣が左右に割れて、その向こうから、見覚えのある、甲竜が、速足で、こちらに向かってやって来るのが見えた。

背の鞍に見覚えがあった。

「九魔羅の甲竜だ」

武蔵が言った。

裸電球の灯りの中に、甲竜の姿が浮かびあがった。

武蔵とイサキが横へのいた眼の前を、人を乗せてない甲竜が、地面に爪跡を残しながら通り過ぎていった。

「人が乗ってないね」

イサキが言った。

「ソウル亭の方から来たな」

「何かあったんじゃないのかい」

イサキが、武蔵の脇を、肘で突いた。

迷ったのは、わずかであった。

「よし」

武蔵は言って、歩き出していた。

甲竜がやってきた方角――ソウル亭の方向であった。

イサキが、武蔵の後に続いた。

武蔵とイサキが、それを見たのは、ソウル亭のある通りへ出た時であった。

ソウル亭の前の通りを、ソウル亭の方から走ってきた一台の丹力車が、先を歩いている四人の男に向かって突っ込んで行ったのである。

三人の男は、横に跳んで逃げ、ひとりの男が、跳びあがって、丹力車のボンネットを蹴って、車の運転席へと飛び込んだのだ。

「九魔羅……」

イサキが、声をひそめて言った。

丹力車を運転していた男が外へ蹴落とされ、そのまま九魔羅がハンドルを握った。

いったんはスピードを落としかけたその丹力車は、再びスピードをあげて走り出した。

三人の男が、後を追って走った。

そのすぐ後方から、さらに、もう一台の丹力車が追った。

「武蔵、見て――」

イサキが言った。

後から走り出した丹力車の後部に、身を縮めてしがみついている男がいた。

片桐の運転する丹力車の後部バンパーのあたりに、来輪左門が、身を縮めてしがみついているのを、武蔵も見ていた。

「そこで待て、イサキ」

武蔵が言った。

「どういうこと？」

「ついでだ。あの男たちのうちのひとりを捕える」

答えた時には、武蔵の巨軀は疾り出していた。巨体が軽々と動く。猫科の、大型肉食獣の動きさながらであった。

「あたしも行くよ」

しなやかに、イサキの身体が、武蔵を追って動き出す。

二台の車を追って、三人の男が走っている。

板垣平四郎、背に剣を負った田島、スーツを素肌の上に着、腰のベルトにグルカナイフを差した工藤――

一番遅れているのが、平四郎であった。

平四郎は、まだ、九魔羅から受け取った『秘聞帖』を、右手に握っている。

その平四郎に、武蔵が追いついた。

「待て――」

武蔵が、平四郎の前に立ち塞《ふさ》がった。

「ぬ⁉」

平四郎が、走ってきたスピードを殺しきれずに、斜め前方に跳んで、武蔵を避けた。

平四郎は、着地と同時に、『秘聞帖』を左手に持ちかえ、右手で腰の剣を引き抜いていた。

「何者だ⁉」

平四郎が、右手で剣を構え、腰を落とした。

その前に、武蔵の巨軀が、飄然《ひょうぜん》と立っている。

「武蔵――」

武蔵が答えた。

「丹力車で我らを襲ってきた連中の仲間か？」

「違う」

言って、武蔵が、無造作に、素手《すで》のまま前に出る。

平四郎が、気押《けお》されて半歩下がる。

下がったその足が止まった。

平四郎の後方に、イサキが立ったからである。

「貴様!?」

「誰だ!?」

後方の異変に気づいた、田島と工藤が、もどってきた。

田島は、両手に剣を握っていた。

工藤は、右手に、グルカナイフを握っている。

「板垣平四郎だな?」

武蔵が訊いた。

「何故、おれの名を知っている?」

しかし、その問いに、武蔵は答えない。

素手のまま、半歩、前に出る。

「くう!?」

平四郎は、左手に持っていた『秘聞帖』を、迷彩服の内側に、ふたつ開けたボタンの間から滑り込ませた。しかし、『秘聞帖』は、全部入りきらずに、途中でひっかかってその一部がまだ見えていた。

「ほう、なんだ、それは?」

武蔵の眼がすぼまった。

今度は平四郎がその問いに答えない。

平四郎は、両手で剣を握り、正眼《せいがん》に構えた。

かなりの構えである。

「いい腕だな……」

武蔵はつぶやいた。

しかし――

「道場剣法か――」

あっさりと、武蔵が言った。

すでに、その時には、見物の人間が、武蔵とイサキ、そして三人の男たちを囲んでいた。

夜風が吹いている。

近くで、街路樹の柳葉が、その風に揺れていた。

平四郎は、動こうとするが、動けない。

斜め後ろに、イサキがいるからである。

平四郎は、斜め前後に脚を開き、右脚の爪先を武蔵へ、左脚の爪先をイサキに向けていた。

その額に、小さく汗の玉が浮き始めていた。

「何の用だ?」

平四郎が訊いた。

「訊きたいことがあってね、おたくたちのうちのひとりでいいんだ。おれと一緒に来てもらいたいんだよ」

「なに!?」

平四郎が、武蔵の厚い胸を、いきなり、その剣で突いてきた。

武蔵が、半身になって、胸すれすれに、その突きを後方に逃がした。

しゅっ

大気を裂いて、武蔵の右手が、平四郎の剣の峰を真上から叩いた。

鍔元《つばもと》に近い部分であった。

平四郎が、両手に握っていた剣が、地に落ちた。

「ぬう!?」

後方に退《さ》がろうとした平四郎の首に、武蔵の太い腕が巻きついていた。

平四郎の懐ろに、半分入っていた『秘聞帖』が、ボタンの間から、大きくはみ出ていた。

それが地に落ちた。

「貴様！」

田島と工藤が、武蔵に斬りかかろうとする。

田島が、武蔵に向かって剣を打ち下ろしてくる。

「頼むぜ、イサキ」

田島を、涼しい顔で眺めながら、武蔵が言った。

ぎいん

田島の剣を、イサキが、横手から上へ跳ねあげた。

九兵衛の短刀が、イサキの右手に握られていた。

田島とイサキが向きあうことになった。

自然に、グルカナイフを持った工藤が、平四郎の首に腕を巻きつけている武蔵と向き合うことになった。

「離せ！」

工藤が、〝く〟の字に曲がったグルカナイフを構えて、言った。

グルカナイフ——ネパールの山岳民族が使用する山刀《ククリ》のことである。

「ほう……」

工藤の構えを見て、武蔵がつぶやいた。

「あんたが一番できるようだな」

「離さんと、殺す」

「その前に、この男の首をへし折ってやろうか――」

武蔵が言った。

「ちいっ」

工藤が動いた。

グルカナイフを、いきなり、武蔵の頭部目がけて投げつけた。

武蔵が、頭を沈めてそれをかわす。

グルカナイフが、回転しながら、闇の天に消えた。

「ふん」

微笑しかけた武蔵の表情が、ふいに、堅くなった。

しゅ、
しゅ、
しゅ、

と、大気を裂いて回転するものの音が、背後から急速に近づいてきたからである。

「ぬう」

武蔵は、左へ平四郎を突き飛ばし、自らは右手へ、跳んでいた。

左右に分かれた武蔵と平四郎の間を、さっき、宙に消えたはずのグルカナイフが、回転しながら背後からもどってきて疾り抜けた。

——ブーメラン。

工藤の右手に、再び、もどってきたグルカナイフが握られた。

この男は、グルカナイフをブーメランのようにあつかうのである。

「そういうことかい」

武蔵が、楽しそうに笑みを浮かべた。

「ばか、何をしてんのさ。ぐずぐずしてると、彌勒堂が来るよ」

イサキが、田島とやり合いながら言った。

「わかってるさ」

武蔵が、地に落ちていた『秘聞帖』を拾いあげた。

「きさま、それをはなせ!」

工藤が、身をかがめ、上半身を起こそうとしている武蔵に、グルカナイフで斬りかかった。


ぎがっ!

金属音があがった。

武蔵が、背の剣を半分引き抜いて、それで、頭部目がけて落ちてくるグルカナイフを受けたのである。

起きあがりながら、武蔵はスニーカーの爪先を、工藤の腹に滑り込ませていた。強烈な打撃を受けて、工藤の身体が後方にふっ飛んでいた。

「そいつを殺すなよ、イサキ、騒ぎをこれ以上大きくするな」

横手のイサキに声をかけ、武蔵は、腹とベルトの間に、『秘聞帖』をはさんだ。

「それをどうする気だ?」

すでに、落ちていた自分の剣を拾いあげて、平四郎が言った。

工藤は、仰向けに倒れたまま起きあがってこない。

「心配しなくていい。あんたとこれは、これから同じところへゆくんだ」

言うなり、武蔵は背の剣をひき抜き、片手で真上から打ち下ろした。

平四郎の剣が、武蔵の剣の一撃を受けて、鍔元から折れていた。

「ぬぐ!?」

剣の柄を握ったまま後退する平四郎を、武蔵が追った。追いながら、剣を背の鞘に納めている。

武蔵は、折れた剣で斬りかかってくる平四郎の攻撃をかわしざま、平四郎の頭部に手刀を打ち下ろした。

倒れ込んでくる平四郎を、右腕で捕え、そのまま、軽々と、高い肩の上に担ぎあげた。

「いくぞ、イサキ!」

武蔵が叫んだ。

イサキが武蔵の方へ走り出す。

「糞!」

イサキの後を追おうとした田島の額に、折れた平四郎の剣の柄がぶちあたった。武蔵が、平四郎から奪ってそれを投げたのだ。

田島が、前のめりに倒れた。

それを、武蔵もイサキも見てはいない。

走り出しているからである。

武蔵の巨体が、軽々と動く。

人垣が割れた。

そこを、平四郎を担いだ武蔵とイサキが、たちまち駆け抜けてゆく。

四

コンクリートの臭いと、ウィスキーの香りに満ちた部屋であった。

丹術士九兵衛の隠れ家である。

上から、裸電球のぶら下がったその部屋には、武蔵、九兵衛、伊吉、イサキ、そして捕えられてきた平四郎がいる。

コンクリートの床に座している平四郎を、武蔵や九兵衛たちが囲んでいた。

平四郎の後頭部と頭頂部の髪の中から、細長い、鋭い金属が生えていた。

針である。

二本の針が、頭頂部と後頭部に潜り込み、その尻の部分を、五センチほど外に出しているのである。

「どうなんだ？」

武蔵が、平四郎に問うている。

平四郎の眼は、うつろだった。

その焦点は、眼の前にいる武蔵に結ばれてはいない。

平四郎が、唇を開きかける。

しかし、その半開きの唇からは、声が出てこない。

「もう一本増やすかよ」

九兵衛が言った。

その指に、細い、長さが、二〇センチほどの針がはさまれている。

九兵衛が、平四郎の後方にまわり、指先で平四郎の後頭部の髪の中をさぐってから、そこに、ゆっくりと、鋭い針先を潜り込ませていった。

「ふん」

突き出た針の尻を指先につまんで、気《い》を、そこから送り込む。

びくん

と、平四郎が身をすくめた。

「と、飛丸は……」

平四郎がつぶやいた。

「飛丸はどうしている?」

武蔵が訊く。

「飛丸は、死んだ」

「なに!?　どうして死んだのだ」

「こ、ころされた、のだ」

「誰に殺されたんだ」

「皇王——蛇紅が、ころした。螺力によって、ころした、のだ」

「何故だ？」

「蛇紅が、何かを、飛丸に訊こうとした、のだ。それに、飛丸が答えなかったからだと、言われている」

「蛇紅は、飛丸に何を訊いたのだ？」

「わ、わからない」

平四郎は、首を振った。

わずかの沈黙の後、再び、武蔵が問うた。

「今夜、おまえたちは、九魔羅という男と会っていたな？」

「ああ」

「九魔羅とは、何者だ？」

「壬生幻夜斎の四天王のひとり……」

「その九魔羅に、どういう用があったのだ」

「いや、九魔羅には、用はない。我々が会おうとしたのは、壬生幻夜斎——」

「なんだと?」

「壬生幻夜斎に、我々は、会いたかったのだ。そのために、全国へ、使者を放っていたのだ――」

「壬生幻夜斎に、会えたのか?」

「会えぬ。むこうから、使者のひとりに、連絡をとってきた。連絡をとってきたのは、幻夜斎本人ではない――」

「どこで、連絡をとってきた?」

「な、名古屋《なごや》――尾張《おわり》で、向こうが連絡をとってきた」

「何故、幻夜斎に会おうとしたのだ」

「我らが頭首《とうしゅ》、矢坂天心さまの、ご病気を、なおしていただく、ため――」

「病気?」

「天心さまのご病気は、身体中の肉が腐ってゆくのだ。その病いを治せるのは、壬生幻夜斎の螺力のみであると言われたのだ」

「誰がそんなことを言ったのだ」

「皇王、蛇紅――」

「ほう……」

「天心さまの生命、あとわずか。我らは、なんとしても、天心さまの生命をおすくい申しあげねばならぬ」

「しかし、矢坂天心の病いを治しに、幻夜斎が金沢まで来るのか」

「来る……」

「何故だ」

「我らは、幻夜斎のために、ひとつの餌を用意した」

「餌？」

「そうだ」

「何を用意した？」

「天台の『秘聞帖』……」

平四郎が言った時、

「おう」

九兵衛が声をあげていた。

五

人通りのない、大きな桜並木にさしかかった時、九魔羅が、丹力車を停めた。

街灯は、遠く、前方と後方に、ひとつずつ立っているだけである。

屋敷街であった。

城勤めの人間が、多く、この地区には住んでいる。

桜並木の道の左右は、屋敷の高い塀が続いている。

九魔羅の後方を走っていた丹力車が、三〇メートルの間を置いて停まった。

「なぜ、丹力車をお停めになりました?」

九魔羅のすぐ前——ハンドルの横手に仕掛けられたスピーカーから、片桐の声がした。

「うまい煙草だったよ」

九魔羅が、喫《す》い終えたばかりの煙草を、外へ投げ捨てた。

片桐の問いには答えない。

「ここで、降りることにした」

九魔羅が言った。

「おやめ下さい」

「爆破したければすることだな」

九魔羅が、ドアのノブに手をかけた。

「やめて下さい。スイッチを押したくないのです」

「遠慮なく試すがいい」

「おやめ下さい」

「ふふん」

九魔羅は、バックミラーを見やり、後方のヘッドライトの灯りに向かって笑ってみせた。

ドアを開く。

「九魔羅さま！」

九魔羅が、車を降りたその瞬間であった。

鋭い破裂音がして、運転席のあたりから、オレンジ色の閃光《せんこう》が、闇にふくれあがった。

車が爆発していた。

片桐の車のヘッドライトの中に、丹力車の部品が、宙を舞い、さらに、炎がガソリンに引火したのか、二度、爆発が続いた。

黒煙をあげて、丹力車が炎上する。

その黒煙の中から、炎の灯りの中へ、ゆっくりと、人影が歩み出てきた。

九魔羅であった。

く、く、く、

九魔羅は、その唇に、ひきつれたような笑みを浮かべていた。

九魔羅が、大きく口を開いて笑い始めた。

九魔羅の全身の輪郭が、どこか焦点の合わない映像のように、ぼやけているように見える。

気のせいと言えば言える程度の、微妙なぶれである。

九魔羅が、炎と、灯りの中から歩み出て、足を停めた。

ヘッドライトの中に、九魔羅の姿が見えている。

着ていたベストの一部が、ぼろぼろになっている。

髪の先や、背に負った剣の柄などが、焦げている。

しかし、九魔羅の肉体そのものは、どこにも傷を負ってはいない。

九魔羅の姿の、奇妙なぶれが止まっていた。

九魔羅が、ゆっくりと、片桐の丹力車の方に向かって歩き出した。

二〇メートル。

一〇メートル。

片桐の丹力車と九魔羅の距離が縮まってゆく。

五メートル。

そこで、九魔羅は足を停めた。

「ほう……」

九魔羅は、感心したような声をあげた。

「逃げぬのか？」

九魔羅は言った。

「はい」

運転席で、片桐が答えた。

「おまえは、すでに、わが螺力の圏内にある――」

「承知しております」

「落ち着いているな、おまえ」

「すみません」

恐縮したように、片桐が言った。

「おれが生きているのを見ても、驚いてないな――」

「色々と申しあげましたが、あれだけのことで螺力を自在にあやつることのできる方を殺せるとは思っておりません」

「ふん」

「殺すのであれば、あなたが、あの車にお乗りになった瞬間、予告なしにいきなり爆発させればすむことでございます」

「何故、そうしなかった?」

「あなたさまに会いたがっている方がありますれば——」

「結局、おまえに試されたということかよ——」

「恐縮でございます」

片桐が、含み笑いをする。

く、
く、

と、九魔羅が声をあげた。

「その誰かが、幻夜斎どのの居場所を知りたがっているということか——」

「さようでございます」

「で、誰が、おれに会いたがっているのだ?」

「言えません」

答えた片桐を、九魔羅は、しげしげと見つめた。

片桐は、その頭に、奇妙なヘルメットをかぶっていた。

左肩から左胸へかけて、肩あてのようなものをつけている。

「妙なものをつけているな」

九魔羅が言った。

「最近の流行《はやり》でございまして――」

「言えぬのなら、言えるようにしてやろうかよ――」

九魔羅の眼が、すっと、すぼまった。

片桐の顔から、表情が消えた。

「む!?」

九魔羅が、いぶかしげな表情になった。

「ぬし、おれに心を読ませぬか――」

片桐は、唇を塞ぎ、鼻をつまんだ。

その片桐の眼が、小さく笑っていた。

「ほう……」

九魔羅が、唇を吊りあげる。

「妙だな、ぬしに、螺力を送ると、螺力に不思議な混乱がおこる。それが、おれの螺力の方向を定めさせない……」

「――」

「そのヘルメットと肩あてに仕掛けがあるのか――」

「これを身につければ、螺力による肉体への直接の攻撃の八割かたは、かわせましょう——」

「脳と心臓を、それで庇《かば》うたか」

「こうでもいたしませんと、とても、あなたさまと、ふたりきりでかような話はできません」

「それで、おれと対等になったと考えているのか」

九魔羅が背の剣を抜き放った。

ヘッドライトの光芒《こうぼう》を、正面から浴びながら、片桐に近づいてゆく。

「お待ちを——」

片桐が九魔羅を制した。

丹力車のドアを開いて、地に降り立った。

右手に、カバンを持っている。

よれよれのスーツを着ていた。

いきなり、片桐は正座した。カバンを、自分の右横に置いて、両手を地に突いた。

九魔羅が、横へ動いて、ヘッドライトの光芒の中から身体をはずした。

正座をした片桐と九魔羅が向き合った。

「ほう」

「これしきのことで、螺人の方と対等になれたと思うほど、わたしは愚かではございません。ただただ、生きて、わが主《あるじ》の命《めい》をまっとうしたいため」

「その命の中には、おれを殺すことも含まれていたはずだな」

「おおせの通りでございます」

正座をした両膝の上に、今は両手を突いて、ぬけぬけと片桐が言った。

「喰えぬ男よ」

「わが主の招待を受けられませ」

片桐が、地に額を押しあてた。

「主の名は？」

「彌勒堂の皇王——蛇紅さまでございます」

片桐が顔をあげた。

「やっと言うたか」

九魔羅は言った。

そして、ゆっくりと、周囲の闇に、視線を疾《はし》らせた。

屋敷塀の中に、人の動く気配があり、すでに、あちらこちらの門から、何人かの人間が、外の通りへ、様子を見に出てきている気配があった。

「ゆっくり話ができなくなりそうだな」

九魔羅がつぶやいた。

丹力車の後方から、人が近づいてくる。

「むこうだ」

「丹力車が燃えているぞ」

「三人いる」

声があがった。

九魔羅と片桐が、からめ合わせた視線を光らせたのは、その時であった。

「三人!?」

九魔羅がつぶやいて、周囲に向かって気をほとばしらせた。

まばゆい放射状の光芒のように、気が九魔羅から広がった。

「そこか」

九魔羅が、丹力車の後方に向かって、声をかけた。

剣を両手に握って構えた。

その時には、片桐がカバンを持って立ちあがっている。

「出て来い」

低い声で、九魔羅が言った。

「ばれちまったかよ……」

とぼけた声が、車の後方からあがり、その陰から、ひょろりと背の高いひとりの男が出てきた。

来輪左門《くるわさもん》であった。

「おやおや……」

片桐が声をあげた。

「あなたでございましたか」

「また会ったな」

左門が言った。

「おまえ、あの時の……」

九魔羅が左門の顔を見つめて、剣先を、左門に向けた。

「妙な縁だな」

左門が言った。

「おふたりとも、お知り合いとは――」

片桐が、読めない表情で言った。

「知り合いというほどのものじゃない」

左門が、片桐を見やった。

「それにしても、おまえ、土下座の好きな男だなあ」

左門が言う。

片桐が頭を掻きながら、しげしげと左門を見た。

「あなたさまも、同様のものを……」

左門の頭部と、胸を見つめて言った。

左門の頭部には両耳を塞ぐように、ヘッドホンに似たものがかぶせられていた。

そして、やはり、左肩から左胸にかけてを覆うように、革のベルトで、金属製のカバーがとめられていた。

心臓の前後を、胸と背の側から、その金属製のカバーがはさんでいる。黒光りのする金属であった。

「どうりで、ぬしの気配が読めなかったわけだ」

九魔羅が言った。

「あちらこちらで、似たようなことを考える人間がいるとみえますね」

片桐が言った。

丹力車にいつでも飛び乗れるように、片桐は身体の位置をすでにかえていた。

何人かの人間が、三人を、遠巻きに囲んでいた。

その人数が、少しずつ、数を増し始めている。

「残念だな。もう少し、話の続きを聴きたかったよ」

左門が言った。

「何者だ、おまえ」

九魔羅が言った。

「あんたのことを教えてくれたら、教えてやるよ」

左門は涼しい声で答えた。

その時には、片桐は、すでに丹力車の運転席に乗り込んでいる。

「九魔羅さま、お乗りいただけますか？」

ハンドルを握りながら、片桐が言う。

九魔羅は、数瞬、周囲の闇をうかがってから、

「よし」

低く答えて、片桐の横手の助手席に乗り込んだ。

その乗り込む寸前に、九魔羅は、右手に握った剣を、左門に向かって、横に振った。

「哼《フン》！」

その、横に振られた剣の、半《なか》ばから先までが、途中から消失していた。

「ちいっ！」

声をあげて、大きく左門が後方に跳んでいた。

左門の右横の空間に、ふいに、金属の銀光が出現し、それが、真横から左門の胴を襲っ

たのである。

九魔羅の剣の、途中から消失した部分であった。

それが、普通なら剣が届かない距離にいる左門の横に出現して左門の胴を斬りつけてきたのである。

左門の上着が斬られ、左門の腹の肉を、その切っ先が、えぐった。

後方に跳んだ左門は、腹を右手で押えた。

その指の間に、たちまち、血が惨んでくる。

横へ疾り抜けた銀光は、そのまま、空間に消失していた。

その消失した剣先は、すでに、九魔羅が握った剣の先にもどっている。

九魔羅の右手に、横に薙《な》ぎはらわれた剣が、銀光を放って握られているばかりであった。

「浅かったな」

九魔羅は、つぶやいた。

その剣が、背の鞘に納められた。

「また会えるかな?」

片桐の丹力車に乗り込みながら、九魔羅が訊いた。

「会えるだろうよ」

腹を押えながら、左門が言った。

本気の攻撃であった。

もし、後方へ跳んでいなければ、間違いなく、深々と内臓までえぐられていたはずである。

「楽しみにしている」

九魔羅が、片桐の車に乗り込んだ。

同時に、丹力車が動いていた。

前方に集まっていた人間が、左右に散った。

その間を、たちまち丹力車が走り抜けてゆく。

ざわざわと揺れる葉桜の下の闇の中で、左門は、周囲を見回した。

集まった見物人たちが、左門を包んだ輪を、ゆっくりと縮めてくるところだった。

「今夜のところは、ここまでか」

つぶやいて、左門は、腹を押えたまま地を蹴って疾り出していた。

・

六

「天台の『秘聞帖』が、金沢にあるのか？」

九兵衛が訊いた。

「ある」

「なんと」

いつになく、九兵衛が、興奮した声をあげた。

九兵衛の薄い胸が、大きく息を吸い込んでふくらんだ。その胸が、ゆっくりとまたもとの薄さにもどってゆく。

「その『秘聞帖』、誰が持っている?」

「わが父、板垣弁九郎か、城主矢坂天心さまのどちらかだ……」

「何故、『秘聞帖』が金沢にある?」

「知らぬ」

「『秘聞帖』がどういうものか、わかっているのか?」

「重要なことが記されていると耳にしている――」

「それは、どのようなことだ?」

「一千数百年前、空海《くうかい》が、唐《とう》で見聞したもの、および、唐より持ち帰ったものについて記されている」

「それは、何だ」

「密教の、秘事、秘法、秘具……」

「まだ書いてあるはずだ」

「そ、それは……」

「言え」

「こ、この天地を、統《す》べる、ち、力に、つ、い、て……」

「それは、どういう力だ？」

「現在、我々が、ら、螺力と呼んでいる、ち、か、ら――」

「他には？」

「それ以上のことは、知らない」

「『秘聞帖』を、実際に見たことは？」

「ない。おれが、見たのは、『秘聞帖』のコピーのみ……」

平四郎が言った。

「九兵衛、おぬし、やけに『秘聞帖』にこだわるではないか？」

武蔵が、裸電球の灯りに照らされた、平四郎と九兵衛に向かって言った。

のっそりと、武蔵が前に出る。

ベストの内側に右手を突っ込んで、

「『秘聞帖』のコピーというのは、こいつのことか」

そこから、平四郎から奪ったコピーの束を取り出した。

「おう……」

九兵衛が、高い声をあげた。

ひったくるように、九兵衛が手を伸ばした。

武蔵が、九兵衛の指先が触れぬように、持ったそのコピーの束を横へ動かした。

「武蔵、どうしてそれを――」

九兵衛が、なおも手を伸ばしながら言う。

「さっき、その男から奪ったのだ」

「読んだか？」

「まだ読んではおらん。『秘聞帖』の話が出るまで忘れていた」

「それを、わしに見せよ」

武蔵の前に、九兵衛が立って、言った。

「その前に、言ってもらおうか。この『秘聞帖』とは、どういうものなのだ」

「今、聴いた通りよ」

「というと？」

「空海が、延暦《えんりゃく》二十三年――つまり八〇四年に入唐したおり、そこで見聞したものや、そこから持ち帰ってきたものについて記されたものよ」

「八〇四年――千三百五十一年前か――」

「そうだ」

「しかし、何故、天台の『秘聞帖』なのだ。空海ならば、高野山《こうやさん》の真言宗《しんごんしゅう》――天台と言えば、比叡山《ひえいざん》ではないのか――」

「高野山の『秘聞帖』は、言うなればオリジナル本よ。天台の『秘聞帖』は、そのコピーだ――」

「コピー？」

「コピーとは言っても、人が、手と筆によって書き写したものだ。千三百年以上も昔になる――」

「ほう」

「書き写したのは、泰範《たいはん》であると言われている……」

「泰範？」

「天台――つまり、比叡山の最澄《さいちょう》が、密教を学ばせようと、高野山の空海のもとへ送り込んだ男だ」

「ほう……」

武蔵は、持ち上げていた『秘聞帖』のコピーを下ろし、九兵衛を見た。

「つまり、泰範は、高野山からその『秘聞帖』を盗み出すために、最澄が送り込んだのだ――」

九兵衛は言った。

七

空海——

最澄——

このふたりは、八〇〇年代における仏教界の巨星である。

八〇四年に、ふたりは、同じ遣唐使の船団で唐に渡っている。

最澄は、その当時、すでに天才僧として知られており、国費で唐へ渡った。

一方、空海は、無名の僧である。

自費で唐へ渡った。

一年後に最澄が帰国し、二年後に空海が帰国した。

最澄が唐より持ち帰ったのは、天台山の大乗《だいじょう》の体系である。

空海が唐より持ち帰ったのは、密教の体系である。

最澄が持ち帰ってきたものの中にも密教はあったが、それは、あくまで密教の一部であった。空海が持ち帰った、膨大《ぼうだい》な密教の大系に比べれば、塵《ちり》のごとき量であった。

空海が、唐より持ち帰った密教の体系がどれほど価値のあるものであったか、その目録を見た時に、最澄は愕然《がくぜん》となった。天才であるだけに、空海の持ち帰ったものの価値にひと目で気がついたのだ。

帰国した空海のもとに、最澄は何度も連絡をとっている。

「ぜひともあなたの持ち帰った密教を、わたしにさずけていただきたい」

最澄の願いはそれであった。

最初に、最澄が弟子の経珍《けいちん》を、空海のもとに送ったのは、八〇九年である。

最澄は、空海から経典を借用したい旨の手紙を経珍に持たせ、空海を訪ねさせたのである。

その後にも、最澄は、何度も空海から密教の経典を借り受け、ついには、自ら空海より灌頂《かんじょう》を受けようとする。

灌頂には、三種類ある。

結縁《けちえん》灌頂。

受明《じゅみょう》灌頂。

伝法《でんぽう》灌頂。

結縁灌頂というのは、寺が、在家《ざいけ》の人間と縁を結ぶための灌頂である。法を伝えるものではない。

受明灌頂は、寺が、行者《ぎょうじゃ》にほどこすものであるが、しかし、伝えるのは法の一部である。法の全てを伝えるのが、伝法灌頂である。

空海が、唐の都・長安《ちょうあん》において、恵果《けいか》より受けたのが、胎蔵界、金剛界、両部の伝法灌頂であった。

最澄が、空海に望んだのが、この伝法灌頂であった。

空海は、それを断わっている。

いや、正確には断わったのではない。

「三年の間、わたしのもとで修行していただきたい」

さすればその後に、伝法灌頂をさずけようと空海は言ったのである。

空海が、密教という異種の仏教の体系を日本に持ち込んだ人間であれば、最澄は、奈良仏教——つまり小乗的な仏教に対して、新仏教ともいえる大乗仏教を日本に持ち込んだ人間である。

天台宗の頂点に座る人間だ。その人物が、空海の弟子となることのみならず、三年も比叡山を離れるということができるわけはない。

空海は、二年で、長安から帰っている。

しかし、実際に恵果のもとで修行したのは約半年余りである。

空海と出会ったその年の十二月に、恵果は死んでいる。その年の八月には、空海は全ての灌頂をすませているから、実際に恵果のもとで修行したのは何カ月あったかどうか——

それで、空海が、恵果から何故灌頂を受けられたのか。

それは、空海が、その時すでに密教のほとんどを我がものとしていたからである。

空海が日本にもたらす以前に、断片的に入っていた密教を、空海は、日本中の寺を訪ね歩いて、その時、すでに已れのものとしていたのである。

そうして空海が手に入れた密教を、最澄は、わずか数日で手に入れようとしたのだ。

「三年」

という空海の要求した年数は、むしろ、短いともいえるかもしれない。

「あなたであるからこそ、三年なのであって、他の方であれば、五年、七年、十年はかかるところである」

空海は、最澄に、そうも言い加えた。

最澄が来ないのを承知で、空海は言ったのかもしれない。

結局、最澄は行かなかった。

かわりに、弟子を空海のもとへ送り、伝法灌頂を受けさせようとした。

そうして、天台より高野山へ送られたのが、泰範であった。

それが表むきの史実である。

その泰範が、高野の『秘聞帖』を、秘密に書き写し、最澄のもとに送ったのが、〝天台の『秘聞帖』〃であると、九兵衛は言っているのである。

「では、高野の『秘聞帖』は?」

武蔵が、九兵衛に訊いた。

「すでに、この世にはないと言われている」

九兵衛が答えた。

「すると、天台の『秘聞帖』のみが――」

「そうだ」

九兵衛は、低くうなずいて、

「元亀《げんき》二年、一五七一年の九月に、織田信長が、比叡山を襲ったのも、実は、この『秘聞帖』が目的であったと言われておる――」

「信長が……」

「そうだ」

「何故、信長が、この『秘聞帖』を――」

「螺力について、そこに記してあるからだ。大螺王が、この日本のどこに埋もれているか、それが記されているからだ――」

「螺力か」

武蔵は、言って、手の中のコピーを見、それを開いた。

九兵衛が、武蔵の左横に立って、それを覗き込む。

八

それは、筆で書かれた文字を、コピーし、綴《と》じたものであった。
漢文である。
全て、漢字で書かれていた。
「おれには、こういうのは苦手でね」
武蔵が、九兵衛に、それを差し出した。
九兵衛が、それを受け取った。
九兵衛の鼻が、大きくふくらんだ。
深く息を吸い込み、刺すような視線で、九兵衛はそれを眼で追い始めた。
唸《うな》りながら、九兵衛が、そのページをめくってゆく。
「何が書いてある?」
武蔵が訊いた。
九兵衛は答えない。
九兵衛の指が、次々にページをめくってゆく。

読む、というより、だいたいそこに何が書いてあるのか、まず、それを知ろうとしているようであった。

最後までページをめくった九兵衛が、ページをめくりもどす。

「どうした？」

武蔵が訊いた。

「これだけか？」

九兵衛が訊いた。

「これだけ？」

「続きがあるはずだ。この続きはないのか――」

「ない」

「なんだと!?」

九兵衛が、獣のように唸った。

平四郎に視線を向けた。

「この続きは？」

訊いた。

「知らん」

平四郎が答えた。

「このコピーはおまえが持っていたのだろう？　それなら、この続きがどこにあるのか知らぬのか？」

「知らん」

「想像でいい。おまえの考えを言うてみよ――」

「おそらく板垣弁九郎が、その続きがどこにあるかは知っている。城主矢坂天心さまならば、間違いない。ことによれば、天心さまご自身が、それを持っているのではないか――」

平四郎は言った。

答えている、平四郎の唇が、時おり、ひきつれたように動く。

自分が、大事な情報を流していることを、どこかで、醒《さ》めた状態にある平四郎の意識が知っているのであろう。

時には、九兵衛の質問に答えようとする気持ちと、答えまいという気持ちが平四郎の内部で闘っているらしく、平四郎の顔に、苦痛に耐えているような表情が湧いたりする。

「それは、『秘聞帖』の全部ではないのか？」

武蔵が九兵衛に訊いた。

「一部だ。全体の三分の一以下だろう。大螺王については、残りの方に記されているはずだ」

九兵衛が言った。

「うむ」

武蔵が低く言った時、入口の方に、人の気配があった。

「誰だ!?」

背の剣に手をかけて、腰を落とし、武蔵が言った。

「おれだよ……」

男の声がした。

コンクリートの陰から、ひとりの男が出てきた。

左門が、そこに立っていた。

「左門」

武蔵は、剣を放して、左門に歩み寄った。

左門は、右手で、腹を押えていた。

その、右手で押えたあたりの上着の布地に、黒っぽい染《し》みが見えた。

上着の布地が黒いため、黒っぽく見えるが、その染みが何であるか、武蔵にはすぐにわかった。

血であった。

「どうした？」

「浅手だよ」

左門は、唇の一方を吊りあげて、微笑した。

「やられたのか？」

「九魔羅のやつにな」

左門は、武蔵に向かって歩きながら、後方を振り返った。

その闇の中に、人影があった。

「帰る途中で会ったんでな。連れてきた」

左門が言った。

左門の後方の人影が、動き出した。

ひとつ――
ふたつ――
みっつ――

「シラメ！」

そのみっつの影が、姿を現わしきらないうちに、イサキが声をあげていた。

第十三章　異変

一

そこは、九兵衛が〝仕事場〟と呼んでいる部屋であった。

香林坊の地下の、さらに地下にある部屋である。

壁のほとんどが、膨大な量の本の背表紙で埋め尽くされていた。

その量、およそ十万冊――

外国語の本もあれば、日本の古典もある。

そのほとんどが、異変前に出版された本である。紙と、埃《ほこり》と、コンクリートのにおいが、その部屋に満ちていた。

広い部屋であった。

静かな、低い機械音が、その部屋の空気の中に溶けている。

その部屋の中央に、無数のガラスの円筒が並んでいる。八十本から、百本近くはあるだろうか。

進化が、その中に閉じ込められた円筒であった。

「わが師、丹術士の風見縁覚《かざみえんがく》の遺産に、このわしが手を加えたものがこれよ……」

低い声で、九兵衛が言った。

その言葉を聴いている人間は、七人。

武蔵。

来輪左門。

伊吉。

イサキ。

シラメ。

カマス。

ホウボウ。

彼らは、無言で、九兵衛を見つめていた。

九兵衛の眼は、何か、思い出そうとしてでもいるように、遠くを見ていた。

「それにしても、久しぶりに、これを見せてもろうたわい……」

シラメがつぶやいた。

九兵衛の視線がシラメに動く。

シラメが、その視線を受けて、

「以前よりも、数が増えたか――」

「確かに」

「螺力によって？」

小さい声で、シラメが訊いた。

「そうよ。螺力によって、わしは、この進化を造り出した……」

つぶやいて、九兵衛の視線が、再び遠くなった。

「さて、何から、ぬしらに話してやるのがよいであろうかな……」

九兵衛は、武蔵を見、左門を見た。

「何からでも」

左門が言った。

「やはり、二〇一二年――今から百四十三年前に起こった異変前後のことから、話を始めるのがよかろうかよ……」

九兵衛の視線は、暗い、闇の彼方を見つめていた。

「これは、わし自身が、体験したこともあるが、人づてに耳にした部分もある。わが師であった、風見縁覚から聴かされた話もある。それらの話に、わしの想像を付け加えた部分もある。さらには、ぬしらが、すでに承知している話もあろう。それを承知で、ひとまず、わしの話を聴いてくれ……」

九兵衛は、一同が、静かにうなずくのを見てから、ゆっくりと唇を開き、そして、話し始めたのであった。

二

かつて、異変前――

〝螺王プロジェクト〟というのがあった……

そう言って、九兵衛は、自らうなずくように顎を引いた。

それはな、大螺教《だいらきょう》をおこした六連《むづら》一族と、秋葉《あきば》財閥とがくっついて、進めようとしたプロジェクトよ。

そのプロジェクトの真の目的は、明らかにされていない。それは、日本の政府中枢にさえ、知られていなかったプロジェクトだ。

今日、世界がこのようになったのも――つまり、異変の原因はそのプロジェクトにあったのだと言われている。

そのプロジェクトによってひきおこされたものが、三つある。

ひとつには、瞬間的な、大陸の移動だ。

本来であれば、年間一センチから、速いものでは三センチ動く大陸が、一万年から数十万年はかかる距離を、ほんの数日で移動したのだ。

ふたつめは、月だ。

今の、地球と月の距離を知っているか？

それは、平均しておよそ三二四〇〇〇キロ——異変前の月と地球との平均距離が三八四四〇〇キロ。

つまり、異変後、月は、その軌道を離れ、地球に近づき始めたのだ。この百四十三年間で、およそ、六〇四〇〇キロも、地球に近づいている。

その影響で、地球の気候が一変した。

しかも、まだ、月は地球に近づきつつあるのだ。

このままでは、いずれ、月は地球にぶつかることになる。

異変は地球上の大陸だけでなく、この地球の一番大きな天空の大陸を動かしたのだ。

そして、三つめが、進化だ。

この地球上の様々な生物に、次々に突然変異が生まれている。これは、必ずしも、遺伝子工学や、放射能によるものだけではない。放射性物質による突然変異は、進化——というよりは、環境に対してマイナスに作用する変化しかもたらさない。放射能による突然変異種は、この世に生じても、母の胎内で死ぬケースがほとんどだ。生まれても、すぐ死ぬ。稀《まれ》に、生きのびた個体があっても、その形質は遺伝しない。

しかし——

異変後のこの世界はそうではない。

あちこちで、似たような突然変異種が生まれ、しかも、そういう種どうしが交配して子を為《な》すことが可能なのだ。

この部屋の実験を見よ。

わしは、これを、微量の螺力の助けを借りて、為し得たのだ。

今、地球上に猛スピードで生じている進化は、おそらく、螺力によるものであろうと、わしは考えている。

つまり、異変というのは、螺力によってひきおこされたものなのだ。

六連一族と、秋葉財閥の話であったな。

六連一族は、大螺教をおこした一族よ。

大螺教というのは、巨大な螺旋を信仰の対象とする宗教でな、日本の歴史のかなり古い時期から、信仰されてきた宗教よ。

その始祖の名は、大汎《たいはん》——つまり、天台の『秘聞帖』を記したあの泰範《たいはん》と同じ音を持った名ということになる。

その大螺教が、一九九〇年代の後半に、秋葉財閥と接触をしたらしい。

秋葉財閥というのも、正体が不明だ。

一九九〇年代の終わりから二〇〇〇年代にかけて、超伝導と、低温核融合とを利用した原子力発電で、巨万、いや、巨億の富と権力を手に入れたのが、秋葉財閥だ。

秋葉陣内《じんない》を総帥とする一族によって支配されている、超企業だ。

その秋葉陣内と、大螺教の六連金剛《こんごう》がくっついて、始められたのが、〝螺王プロジェクト〟よ。

〝螺王プロジェクト〟というのは、この日本の地中深く眠っている巨大な螺旋を捜し出し、その螺旋を目覚めさせようとしたものらしい。

いや、らしい、ではなく、彼らは、その巨大な螺旋を目覚めさせたのだ。

その実験により、この異変がおこったのだと、わが師である風見縁覚は言うておった。

わが師である風見縁覚は、その、〝螺王プロジェクト〟にいた人間の生き残りよ。

異変前に、そのプロジェクトから、自ら身を退《ひ》いて、野《や》に下ったのが、わが師丹術士の風見縁覚さ。その風見縁覚のもとで、丹術を学んでいたのが、このわしと、そしてもうひとり――

それが、今、金沢城にいる痴玄。

風見縁覚が生涯をかけてやろうとしていたのは、月を停めることであった。

月は、一年間に、四二〇キロ近くの距離を、地球に向かって落ちてくる。

その月の軌道を、風見縁覚は、もとにもどそうとしていたのだ。

わしがやろうとしていたのは、進化だ。

この無秩序な進化を、なんとか、もとのような進化の速度にもどせぬものかと、わしは考えていた。

基本的には、風見縁覚と同じだ。

我らは、この地球の生命を救い、なんとかその進化を、歪みのないもとの軌道上にもどしてやろうとしたのだ。

痴玄は、違っていた。

痴玄が考えていたのは、螺力を己れの力として、手に入れることであった。

縁覚も、わしも、痴玄も、螺力を手に入れなければ、結局、それができぬとわかっていた。

螺力は、しかし、螺王ぬきでは手に入らない。

稀に、螺力を有する人間もいるが、しかし、人の螺力では、月までは動かせない。生命の進化にまで、地球的な規模で影響を及ぼすことはできない。

その、巨大な螺力を手に入れるには、どうしても、大螺王の力が必要であった。

しかし、大螺王はどこにあるのか。

わかっているのは、江戸か、京か、そのどちらかに、大螺王があるということであった。

もしくはその両方に……

京か。

江戸か。

京か江戸かそのどちらかに、あるいはその両方に大螺王があったとして、しかし、その場所へゆくことはかなわない。

京は秋葉財閥の生き残りの連中が、支配している。

そして、江戸は、六連の一族が支配している。いや、支配しているはずだ。

はず、というのは、今、江戸がどうなっているのか、誰も知らぬからだ。

江戸——というより、関東は、この世の現象の外にある異界と化している。

めったなことでは、関東に入ることなどできるものではない。入っても、生きてもどってこれるかどうか。

箱根《はこね》から向こうは、東京を中心にして、およそ、平均して一〇〇〇メートル以上も隆起している。

特に、箱根、丹沢《たんざわ》の隆起は凄《すさ》まじい。

あのあたりは、二〇〇〇メートル以上も隆起しているはずだ。

もとの標高を考えると、おそらく、富士山よりも高くなっている。

西から関東へ入る場合には、まず、崩壊した富士の裾野を越え、さらには、その後、箱根越えをせねばならない。

当時、我らがいたのは、名古屋であった。

名古屋から、江戸までゆく旅だけでもたいへんなことになる。

江戸に入ったはいいが、しかし、大螺王を手に入れることなど、できぬことであった。

京はどうか？

京は、秋葉財閥が支配して、入京には、あらゆる場所で、厳しい検査がある。

近代テクノロジーが集まり、この日本で、唯一、近代的な秩序が保たれている土地が、京であろう。

かわりに、他所者《よそもの》は、まず入れない。

しかも、縁覚は、顔も声紋も知られてしまっている。

京に入るには、まず、そこからなんとかせねばならなかった。

そういう時に、ありがたい情報を、我々に教えてくれた男がいた。

その男が言うには、この日本では、京、江戸にしかないと考えられていた螺王が、金沢にあるという。

そのことを教えてくれたのが、武蔵よ、今思えば、ぬしの父である唐津新兵衛だったのだ。


新兵衛の素性は、わしにもわからない。

わかっているのは、年に一度か二度訪ねてくる、子連れの風見縁覚の古い知り合いということと、おそるべき螺力の使い手ということぐらいであった。

その新兵衛が、金沢に、螺王があるというのである。

それを、新兵衛がわしらに教えてくれたのは、十六年前であった。

何故、それを新兵衛が知っているのか、それは、わしも痴玄も教えてはもらえなんだ。

新兵衛は言わなんだが、おそらく、風見縁覚は、それを知っていたかもしれぬ。

今となっては、それは知りようがない。

風見縁覚が、死んでしまっているからだ。

そして、武蔵よ、唐津新兵衛もまた、今はこの世の人間ではない。

死んだとは、ぬしから聴かされていたが、まさか、新兵衛を殺したのが、幻夜斎であったとはな。

で、その、金沢に螺王があるということを我らに教えて、新兵衛は、名古屋から去った。

九州へゆくのだと、新兵衛は我らに言った。

ひとつの噂を蒔《ま》いたのだと、新兵衛は言った。

鹿児島城の地下に、螺王のひとつが埋まっているという噂だという。

その噂を耳にすれば、いずれやってくるある人物がいるだろうから、その人物と結着をつけるつもりなのだと、新兵衛が言った。

今にして思えば、新兵衛が結着をつけようとしていたのが、壬生幻夜斎……。

その時、唐津新兵衛がつれていた九歳か十歳くらいの子供が、武蔵、おまえだ。

それきり、唐津新兵衛とは会っていない。

おまえが、今年になって、ふいに金沢へやってきた時には、だから、わしもびっくりした。

てっきり、新兵衛ともども、すでにこの世にはないものと、わしは思っていた。

武蔵よ。さきほど、ぬしは、耳の痛みのことを言っておったな。ことによったら、ぬしは、父である唐津新兵衛の力、螺力の素質を受けついでおるのかもしれぬ。人の耳にはな、誰でも螺旋がある。

その螺旋が、その人間の持つ螺力に呼応する時、痛みが疾《はし》ると言われている。まあ、そのことは、おいおい話してやれるだろう。今は、話を先に続けよう。

わが師である、風見縁覚が死んだのが、ちょうど、今から十四年前——唐津新兵衛を最後に見た年の翌年の春先よ。

死んだというよりは、殺されたのだ。

風見縁覚を殺したのは……

証拠はない。

実際にわしが見たわけではないので、証拠はないが、縁覚を殺したのは、痴玄であると、わしは確信している。

風見縁覚の死に様は、尋常ではなかった。

脳が、ずくずくに潰れ、眼、鼻、耳から、大量の血と共に、そのずくずくになった脳が流れ出して死んでいたのだ。

これは、おそらく、螺力による攻撃を、直接その脳に受けたためであろうと、わしは考えた。

しかし、痴玄が螺力を使えないことを、わしは知っていた。

つまり、そこに、縁覚と痴玄以外に誰かがいて、その誰かが、螺力で縁覚を殺したのだろう。

だが、何故、痴玄は縁覚を殺したのか。

ふたりの間に何があったのか？

それを解く鍵が、金沢城皇王——蛇紅であるとわしは思うておるのだ。

三

「痴玄がやろうとしていたのは、人為的に、螺力を有した人間を造り出すことよ」

九兵衛は、ゆっくりと、足を踏み出しながら言った。

ひとつのガラス筒の前で、九兵衛は立ち止まった。

そのガラス筒の中には、羽毛ではなく、獣毛を生やした鳥が入っていた。翼は小さく、縮こまった肉であった。しかも、嘴《くちばし》には、歯が生えていた。

「わしが為したこの技も、人為的なものだ」

つぶやいて、皆にむきなおる。

「たとえ、螺力を用いようと、人が自然に手を加えると、どうしてこのような奇形を生んでしまうのか。いや、それは考え方の違いで、人為を加えることによって、本来であれば淘汰《とうた》されてこの世に生じないはずの生命を、創造しているのかもしれぬ」

「痴玄の話にもどしてくれ。痴玄が、人為的に螺人を造り出そうとしていたと言ったな?」

武蔵が訊いた。

「言うた」

「あの皇王が、痴玄が人為的に造り出した螺人であると考えているのだな?」

武蔵の問いに、顎をゆっくりと引いてうなずいてから、

「考えている」

九兵衛は言った。

「人為的に、螺人が造れるのか？」

「そこまではわからぬ。しかし、少なくとも、螺力はどのような人間であれ、多かれ少なかれ持っていることは確かなのだ。素質のある者は、修行によってその螺力を伸ばすこともできる。修行も、ひとつの人為には違いなかろう――」

「おれに、皇王の首を取って来いと言ったが、そのことに関係があるのか」

「うむ」

「皇王の首に、どんな秘密がある？」

「それは、ぬしが、皇王の首を持ってきた時に教えてやることができよう」

「しかし、おれの目的は、飛丸。飛丸が死んだことがわかった以上は、城へゆく意味はないのではないか？」

何かをさぐるような眼で、武蔵は九兵衛を見た。

「ぬしの本当の目的は、飛丸ではなく、壬生幻夜斎であろうが。であるならば、まだ、ぬしが城へ潜入する理由がなくなったわけではない」

「天台の『秘聞帖』のことか」

「そうだ。『秘聞帖』のある場所へ壬生幻夜斎がやってくるというのなら、壬生幻夜斎はその『秘聞帖』を持っている人間の所へやってくるということになる」

「わかっている。城へはゆくさ。『秘聞帖』を手に入れるためにな。しかし、何故、幻夜斎は、そうまでして『秘聞帖』を手に入れたがっているのか」

「うむ」

「単に、大螺王が京と江戸のどちらにあるのかということ以上のものがあるのではないか?」

「おそらく、それは、持国天の九魔羅が知っていよう。もしくは、『秘聞帖』の完全本を手に入れてそれを読めば、幻夜斎の目的がわかろう」

持国天——つまり、仏教の尊神である四天王のひとりの名で、東方を守る神のことである。

「ふふん」

「それよりも、異変のことに話をもどそう」

九兵衛は、ガラスの円筒を、軽く指ではじいて、また、もと立っていた場所までもどってきた。

「ウェゲナーの大陸移動説から始まったプレートテクトニクスの原理については、いくらかは知っていような」

武蔵、左門、シラメがうなずいた。

イサキは首を左右に振り、

「あたしは、そんなの知らないよ」

伊吉、九兵衛と武蔵を見つめながら言った。

「ならば、簡単に、それを説明しておこうか――」

九兵衛は、イサキを見やってそうつぶやいた。

大陸移動説というのは、一九一二年に、ウェゲナーというドイツ人の地球物理学者が、初めて世に表わした説である。

それは、一九一五年に出版されたウェゲナー自身の手になる『大陸と海洋の起源』に詳しい。

つまり、地球の上に存在する大陸は、地球の表面を漂流する存在で、その相対的な位置は、時代と共に変化するというのが、その説の根幹である。大西洋の両岸――南北のアメリカ大陸の海岸線と、ユーラシア大陸およびアフリカ大陸の海岸線とを、地図上で合わせてみると、不思議なくらいうまく合致することから、発想された説である。

さらには、遠く離れている大陸と大陸とに、進化上、極めて似ている種が生きていることなどと考え合わされ、ウェゲナーの大陸移動説は支持者を得た。

ウェゲナーによれば、昔、大陸は、パンゲイア大陸と彼が名づけた巨大なひとつの大陸であり、そこから、現在見られるようないくつかの大陸に分裂していったものだという。

大陸は、分裂し、地球表面を漂流し、離れ、ぶつかり合っているものであり、現在もそれは続いているというのである。

たとえば、ヒマラヤ山脈は、インドがユーラシア大陸にぶつかることによって、大地が天に盛りあがり、この世に生じた山脈である。

その大陸移動説が、海洋底拡大説、マントル対流説を経て、発展したものがプレートテクトニクスの理論である。

プレートテクトニクスによれば、地球の表面は、およそ十数枚の巨大なプレートに分けられる。

そして、そのプレートは、年間に数センチから一〇センチ余りの速度で、動いているというのである。

海底に存在する海嶺《かいれい》は、そのプレートが生産されて両側に拡大してゆく境界に生じたものである。一方、海溝《かいこう》と呼ばれる海底の溝《みぞ》は、一方のプレートが一方のプレートの下に潜り込む境界に沿って生まれたものである。

一枚ずつのプレートを動かす原動力は、マントル対流で、プレートは、そのマントル対流の上に浮いて流されてゆく存在であると考えられていたが、後に、プレートの重さそのものが、逆にマントル対流を生じさせているのではないかと考えられるようになった。

日本列島は、中国プレート、北アメリカプレート、フィリピン海プレートを合わせた、三つのプレートの上に生じた島である。さらには、東から太平洋プレートが押し寄せ、年間一〇センチの速度で、日本海溝から日本列島の下に潜り込んでいるのである。

「言うなれば、日本列島は、四つの大地の力によって、よじられ、曲げられ、苦悶《くもん》する巨大な竜よ——」

九兵衛はそう言った。

「フィリピン海プレートの先端にあるのが、伊豆《いず》半島だ。その伊豆半島に、太平洋プレート、北アメリカプレート、中国プレートの力が集まり、おそらくは、想像を超えた力で、関東を押したのであろう……」

「異変の時にだな」

左門が言った。

「うむ」

九兵衛はうなずいてから、

「伊豆半島が関東を押し、太平洋プレートが、強烈な力と速度で、日本海溝から日本列島の下に潜り込んだ。そのふたつの力が、関東を一〇〇〇メートルから二〇〇〇メートルも押しあげたのだ……」

そう言った。全員が、沈黙したまま、九兵衛を見ていた。

九兵衛の言葉が途切れた沈黙の中に、静かに機械音が響いている。

「しかし、その大陸の急な移動と、螺力——つまり、螺王との関係がわからぬな」

左門が訊いた。

「月よ」

と、九兵衛が言った。

「月だと？」

「そうだ。異変直前——螺王プロジェクトの人間たちは、おそらく、月が、大陸の移動には重要な役割を持っているだろうと考えていたらしい」

「月か……」

「月が、天からこの地球に生じさせているのは、潮の満ち引きばかりではない。月の引力は、マントルの上に浮いた地殻そのものも動かし、さらにはその地殻の下のマントルにまで影響を与えているのだ」

「ほう」

「そして、その月を支配しているのが、螺王なのだ。さらに、螺王は、月のみでなく、プレートの移動する速度や方向にまで、その力をおよぼしているのだ」

「螺王とは、いったい何なのだ、九兵衛——」

左門が訊いた。

「ぬしらも、薄々は気づいていよう。螺王というのは、地殻の中に超古代より眠っている巨大なオウムガイの化石――いや、生きたオウムガイなのだ」

「なに!?」

「今、わしは、オウムガイといったが、それは正確ではない。それは、オウムガイではないかもしれない、我々の想像すらつかない、超生命体であるのかもしれない。わしはまだ、その実物を見ていない。はっきりしたことは言えぬが、しかし、ひとつだけ言えることがある――」

「――」

一同は、沈黙したまま、九兵衛の次の言葉を待った。

「――それはな、螺王は、神の力を有しているということだ。神の力――すなわちそれが螺力よ」

九兵衛は、ひと息に言った。

「大螺王というのは、そういう螺王の中でもひときわ巨大な、螺王の中の王のことだ」

しばらくの沈黙の後、武蔵が止めていた息を大きく吐いた。

「とてつもない話だな」

武蔵が、ぼそりと小さくつぶやいた。

「武蔵よ……」

九兵衛が、武蔵に声をかけた。

「今、わしは、神の力と言うた。言うたが、それは、仮の呼び名よ。それが気に入らねば、この宇宙に存在する根源的な力、法と呼んでもよい。その法——つまり神の形状はいったいどういうものであろうかな」

九兵衛が問うた。

「わからぬな」

ひどくあっさりと、武蔵が答えた。

「螺旋よ」

九兵衛が言った。

「螺旋？」

「そうよ。その法なり、神なりにもし形状があるとするなら、それは、螺旋形をしているのだ。法の形があるなら、それは螺旋の形をしているのだ。神に形があるのなら、神は螺旋の形をしているのだ。この宇宙のあらゆる力は、螺旋に沿って生じ、螺旋に沿って存在するのだ」

「——」

「神は螺旋だと、わしは言った。それは、しかし、ただの螺旋ではない。この世で最も完全な螺旋、この世で最も美しい螺旋こそが、神の螺旋なのだ」

「神の螺旋だと？」

「それは、オウムガイの螺旋よ。数学的には、対数螺旋と呼ばれている螺旋が、我々の知る限りにおいては、最も神の形に近い螺旋ということになる」

「む……」

「武蔵よ。この国には、昔から、形が似れば魂が宿るという考え方がある」

「――」

「たとえば、人間の形をした石には、人間の魂が宿るのだ。そうだな、どこかに、人間の形をした石が落ちていたとしよう。その石を誰かが見、人に似ていると思ったその瞬間から、その石には、人の魂が宿り始めるのだ。その石を、仮に、誰かがどこかに祭ったとする。多くの人が拝むようになる。そして、人が拝めば拝むほど、その石の持っている本来の気が、わずかずつ変質してゆくことになる。百年二百年、拝まれているうちに、その石の気が、人の気に変貌してくるのだ。形が似れば、魂が宿るというのは、そういうことだ。もし、何かが、完璧に人の姿に似てしまったら――たとえば、細胞や遺伝子のレベルまで似てしまったら、それは本物の人間ということになる。つまりだ――」

九兵衛は、混乱しかけた自分の思考をひとつにまとめるように、声を大きくした。

「人の形をした石には人の魂が宿るように、神の形をしたものには神の魂――つまり神の力が宿ることになるのだ」

九兵衛は言った。

「この世に、いかに螺旋が溢れているかを考えて見ればいい。電子の回転《スピン》。銀河系や渦状星雲の形。遺伝子の二重螺旋。台風の目。蛇の塒《とぐろ》。輪廻《りんね》。重力でさえ、波——つまり、螺旋形にその力が働くのだ。水や、光や、音や、あらゆるものに生ずる波。その波も螺旋だ。しかも、波ほど純粋な螺旋はない。水の表面に生じている波は移動していっても、水そのものは、移動してゆくわけではない。波そのものが移動してゆくのである。波の本質というのは、ひとつの力、エネルギーである。波は、そのエネルギーを伝えてゆくものなのだ——」

九兵衛は、少し、しゃべり過ぎたかというように唇を閉じて、ゆっくりと息を吐いた。

「対数螺旋というのは？」

左門が訊いた。

「オウムガイの持っている螺旋がそうさ。ひと巻きごとに成長してゆき、宇宙に対して、開かれている螺旋がそうだ。オウムガイは、最も神の形状に近く、自分の螺旋を造りあげた生き物なのだ。三次元的な意味ではね」

「——」

「三次元的な空間の方向のみでなく、真に完璧な螺旋は、四次元的な方向——すなわち、時間軸に沿った方向にも開かれていなくてはいけない。しかし、残念ながら、オウムガイの螺旋は、四次元に沿った螺旋を有していない」

九兵衛は、静かに首を振った。

「しかし、そのオウムガイの螺旋でも、その螺旋を通ってゆく力のうちのわずかを、螺力に変えることができる。これが、もし、本物の、四次元の方向にも開かれた螺旋であれば……」

そう言って、九兵衛は口をつぐんだ。

「日本列島の地下に眠っている螺旋か……」

武蔵がつぶやいた。

「しかし、どうして、そのようなものが地下に眠っていることがわかったのだ」

「『秘聞帖』でだ」

「ほう」

「『秘聞帖』だけではない。もっと別のものによっても、螺王のことは、古くから知られていたのだ」

九兵衛は言った。

「それは？」

左門が訊いた。

「風水師《ふうすいし》、というのを知っているか？」

九兵衛は、左門を見ながら、低い声で問うた。

竜穴《りゅうけつ》、というものがある。

中国で生まれた言葉だ。

言葉は中国で生まれたものだが、竜穴は、中国にだけ存在するものではない。世界中に存在する。正確に言うなら、地球上のあらゆる場所に存在し得るものである。

あらゆる場所に存在し得るが、しかし、それは――どの国、どの大陸、どの島、どの海底にも存在し得るという意味であり、どこにでも在《あ》るというものではない。

竜穴というのは、大地の特異点である。

大地の気が、特別に強くそこに集中している場所のことを、竜穴と呼ぶのである。

風水師というのは、そういう大地の気を観《み》ることを業《なりわい》とする人間のことである。

それは、古代中国から連綿と続いてきた職業である。

風水、あるいは地理《ちり》と呼ばれる術を有した人間が、その名で呼ばれている。

大地の気――エネルギーが特別強く集中している場所である竜穴を捜すのが、風水師の主な仕事である。

「この大地にはな、特別な気が流れている場所や、その気が集中している場所がある。山や、川や、森や、その大地の形状によって、その気の流れは違う。そして、その気が、特に強く集まっている場所があるのだ――」

と、九兵衛は言った。

「そこが竜穴よ」

たとえば、その竜穴の上に家を建てれば、その家は富み、家人は出世をし、たいへんな財産を残すことになるという。

明《みん》帝国をうち建てた朱元璋《しゅげんしょう》の祖父にあたる人物は、ある風水師に大金を投じてひとつの竜穴を買っている。皇帝が出るという、非常に貴重な竜穴である。

朱元璋の祖父はそこに家を建てたのである。しかも、死後、そこに穴を掘って自分の屍《し》体《たい》を埋めさせた。

その孫の朱元璋は、はじめは乞食《こじき》のような放浪生活をしていたが、やがて、その才を現わすようになり、ついに明帝国をうち建て、明の初代皇帝となったのである。

その竜穴が特別に大きなものであり、そこに建てたものが町であるなら、その町は大都市として栄えることになる。

竜穴があるのは、特別な構造をした山の近くや、川のような水の流れがうねり、曲がってゆくそのカーブの内側である。

歴史上においても、この竜穴の上に建設された都市は多い。

洛陽《らくよう》。

長安《ちょうあん》。

北京《ペキン》。

ローマ。

日本で言うなら、平安京、平城京がそうである。

近世にできた上海《シャンハイ》などは、揚子江《ようすこう》の竜穴に建てられた都市である。

マレーシアの首都、クアラルンプールは、マレー半島を北から南に貫く山脈を一頭の竜と見たてた場合の竜穴の上にできている。

タイのバンコクは、メナム川を竜と見たてた場合の竜穴の位置にあたる。

大地の気、エネルギーが、そういった竜穴を造り出すのは、いったいどのようなメカニズムによるのか――

「その原因が、螺王よ」

九兵衛が言った。

「螺王!?」

「竜穴の下には、螺王が眠っているのだ」

「なに!?」

「というよりは、地下に螺王が眠っているから、そこに竜穴が生ずるのだよ」

「――」

「螺王が、大地の気、エネルギーをそこに集めるのだ。さらには、螺王自身の力もそれに加わることになる――」

「むう……」

「江戸——東京と呼ばれていた都市は、まさしく螺王の力によって生じた都市だ。しかし、その地下に眠っている螺王が、はたして大螺王であるのかどうか……」

「それが『秘聞帖』に書かれているのだな——」

武蔵が言った。

「おそらくな」

「オウムガイの対数螺旋か……」

左門がつぶやいた。

対数螺旋というのは、黄金分割の比率を曲線に展開したものである。その弧に接する直線を引くと、その直線と弧とが造る角度が、常に六〇度になる性質が、オウムガイの螺旋にはある。

それは、対数螺旋が持つ性質とまさしく同じものである。

「左門よ、おぬしは知っておるか、オウムガイの螺旋と月との因果関係を?」

九兵衛が訊いた。

「月と、オウムガイの螺旋とに、なんらかの関係があるらしいことは知っているが、詳しいことまでは知らん——」

左門は、軽く首を左右に振った。

「いつであったか、ぬしから聞いたあの話のことだな……」

シラメが、うなずくように顎を引きながら言った。

カマスは、腕を組み、黙したまま、鋭く眼を光らせて、さっきからの話に耳を傾けている。

話に、半分もついてゆけない様子でいるのが伊吉であった。しかし、口をはさんで、話の腰を折らぬように気づかっているのがわかる。

「オウムガイという種が、この地球に生じたのは、遥か、五億年以上も昔のことよ……」

九兵衛は言った。

オウムガイは、太古の海——古生代カンブリア紀の海に発生した生物である。〝カイ〟と名がついてはいるが、実際には、貝の仲間ではなく、イカやタコの仲間である二鰓類《にさいるい》に近い。

その最盛期には、三千五百種以上を数えたが、現在では、南太平洋の海に四種が生き残るのみである。

「オウムガイは、成長してゆきながら、毎日その殻《から》の気房に、ひとつずつの年輪に似た筋を刻んでゆく……」

一同を見まわして、九兵衛が言った。

「その刻み目の数だが、その数は、通常、一気房中に二十九を数えることができる」

「それは、つまり……」

イサキが、口ごもりながら言った。

「……つまり、月の公転周期よ」

「ほほう」

左門が、楽しそうな声をあげた。

「つまり、オウムガイは、海の底にいながら、天空の月の時間を、自分の身体に刻みながら成長してゆく生物なのだ」

「――――」

「さっき、わしらは、月が地球に近づきつつあるという話をした。それも、驚異的なスピードでだ。しかし、それは、見方を変えれば、月が元の位置にもどりつつあるということもできる――」

「元の位置？」

武蔵が訊いた。

「そうだ。元の位置を通り過ぎて地球に落下してしまう可能性が充分にあるがね」

「――――」

「異変前までは、月は、地球から遠ざかってゆく天体だったのだよ。年間に三センチほどのスピードでね。つまり、遥かな昔に、月は、地球にきわめて近い場所を、高速で公転していたということになる。極限の場合で、月と地球との最も近い距離は、およそ一万五千キロメートル。地球の自転周期、つまり一日の長さはその頃は五時間足らず。月の公転周期は、五時間強という計算結果が出ている。およそ、四十億年前のことだがね——」

「むう……」

「何故、月が地球から遠ざかってゆくのか？　それを説明した物理学者がいる。きみらも知っている〝進化論〟『種の起源』を書いたC・ダーウィンの息子だ——」

G・H・ダーウィン——

それが、C・ダーウィンの息子の名だ。

一八四五年に生まれ、一九一二年に死んだ物理学者である。

そのG・H・ダーウィンが、月が地球から遠ざかりつつあることを、最初に算出してのけた人物である。

〝潮汐《ちょうせき》進化論〟

それが、G・H・ダーウィンの唱えた説であった。

では、その潮汐進化論というのは何か——

潮汐進化論というのは、何故、月が地球から遠ざかってゆくのかを説明したものである。

月が、一番強く地球におよぼす作用は、潮汐作用である。

月が、その潮汐作用によって、地球に潮の満ち引きを起こす。

その潮の満ち引きによって、海水が動き、地殻と海水との摩擦によって、地球の回転にブレーキがかかり、それが、地球の自転周期を遅くしているのだという。

その際に消失する地球の回転エネルギーの一部が、月を地球から遠ざけてゆくのである。

「その証拠がな、オウムガイの化石種の中に、きちんと刻まれて残っているのだ……」

「どういうことだ？」

左門が訊いた。

「出土した、数億年前の、オウムガイの化石を調べたのだ。その殻の、一気房中の刻み目は九つあった――」

「それは、九日間で、その頃、月が地球の周囲を回っていたということだな」

と、左門。

「そういうことになる」

いったん、区切るようにうなずいてから、九兵衛は言葉を続けた。

「オウムガイが、太古の海に発生してから、一億数千万年後、およそ四億年前のシルリア紀の前期に、オウムガイから枝分かれするかたちで、アンモナイトが発生した……」

そのアンモナイトは、発生するやいなや、わずか一億年足らずの間に、その種の数を一万五千種余りにも増やしてしまう。その母体であるオウムガイが、三千五百種余りであったことを考えると、およそ四倍余りという数である。

「そして、その最盛期から六千万年後には、アンモナイトという螺旋は、この地球から消滅してしまうのだ……」

九兵衛は言った。

一万五千種のうち、ただの一種も生き残らない、完璧な滅びである。

「よく似た生態系の生物のうちの一方が、同じ環境の中で完全に滅び、もう一方が生き残った。アンモナイトが滅び、オウムガイは、現在も四種が生き残っている――」

「――」

「何故かね？」

九兵衛は訊いた。

「何故、アンモナイトは滅び、オウムガイは生き残ったのかね？」

答える者はなかった。

「それは、オウムガイの螺旋が、対数螺旋であったからだと、シオドア・クックという学者は説明した……」

九兵衛は言い、また、一同を見た。

「では、もう一度訊こう。何故かね。何故、オウムガイの螺旋が対数螺旋であると、生き残ることができるのかね――」

答える者はなかった。

「このように、大量に、同種の生物が死滅したというのは、地球の歴史において、何度かあったことだ。たとえば、三葉虫がそうだ。恐竜がそうだ。あっという間にその数を増やす進化の特異点があって、その後に、滅びがある。今は、まさしく、その特異点の時期ではないのか。それは、宇宙の法の一部なのであろうか。それにも、月が関係しているのだろうか。それとも……」

そこまで言って、九兵衛は言葉を止め、小さく首を振った。

「オウムガイと、アンモナイトのことであったな……」

自らに言い聴かせるようにつぶやいてから、

「何故かね。何故、美しい螺旋が生き残ることができたのかね？」

また問うた。

「さあて——」

左門が、九兵衛の説明をうながすように言った。

「さっきも言ったが、それは、完璧な螺旋には、螺力が宿るからだよ。神に似たものには、神の力が宿るのだ。これは、わしの想像だが、おそらく、オウムガイの螺旋が、なんらかのかたちで、未来の滅びを見たからであるかもしれない。そして、太古の海で、その滅びの運命を持った螺旋を、オウムガイは、アンモナイトというかたちで、自分たちの種の外へと捨て去ったのだ。つまり、アンモナイトは、始めから滅びの運命を持ってこの世に生まれた種ということになる……」

「――――」

「アンモナイトが、一万五千種にもその種の数を増やしたのは、なんとか、生き残れる螺旋を生み出そうというあがきであったのかもしれない。一億六千万年のあがきだ。しかし、アンモナイトは、生き残る螺旋を生み出せなかった……」

「それは、今の、生物のでたらめな進化について言っているのか？」

「そこまでは、まだ、言ってはおらぬ……」

九兵衛は、部屋の隅まで歩いてゆき、そこにあったテーブルの上に手を伸ばした。

そのテーブルの上に載っていた、黒い、石の塊りのようなものを手に握って、それを、ひょい、と武蔵に投げた。

宙で、武蔵がそれを手に取った。

「これは……」

武蔵が、それを眺めてつぶやいた。

それは、螺旋であった。

凶々《まがまが》しい、デモーニッシュな形状をした、得体の知れない螺旋であった。

でたらめにひり出されたばかりの糞《ふん》のような形状を、それはしていた。

「ニッポニテスと学名のついた、アンモナイトの化石だ。どうかね。おぬしは、今、太古の海で試された、あがきそのもののかたちを見ているのだ。アンモナイトの苦悶が、そのまま伝わってくるような気がしないかね」

問われて、武蔵は、微笑した。

「詩人のようなことを言うな……」

武蔵は、それを、横に立っていた左門に渡した。

「アンモナイトの最盛期には、そのような、不気味な形状の螺旋が、無数に出現したのだよ――」

九兵衛は、深い溜息と共に、そう言った。

「オウムガイのことは、わかった……」

低くつぶやいたのは、武蔵であった。

「対数螺旋と螺力のつながりも、そういうことであるのかもしれない。しかし、問題は、螺王だ。螺王とは何なのだ。四種のオウムガイが、今、地球には生き残っていると言ったが、螺王は、その五種目《め》のオウムガイなのか？」

「はっきりしたことはわからぬさ、わしにもな。あるいは、螺王は、五種目のオウムガイであるのかもしれぬ。しかし、五種目にしろ、螺王は、明らかに他の四種のオウムガイよりも古い存在だ。五億年以上も前の、もっと古い地層から、螺王が発見されたりしているからだ――」

「生きている螺王と、死んでいる螺王があるという話をしていたな」

「したとも」

「そういう、古い地層の中で、生物が生きてゆけるのか？　普通の生命とは違うやり方で、

「ゆけるらしい。縁覚の話ではな。螺王というのは、普通の生命とは違うやり方で、己れ己れの生命を維持しているのだ。普通の生命は、物質を、食物というかたちで己れの体内に取り込み、それを化学変化させて、自分の内部に吸収する。そうやって、生命を維持してゆく。しかし、螺王のメカニズムは、もっと異質であるらしい——」

「どういうことなのだ？」

「つまり、物質ではないもの——たとえば、体内に取り入れたエネルギーを物質に変換するようなかたちで、成長してゆくことができるらしい……」

「なに!?」

「神の力、螺力によってだ」

螺力——それが、この宇宙が生じた時の根源力であるなら、それは、エネルギーでもあり、物質でもあり、空間でもあり、時間でもあり得るものである。

つまり、いかなるものをも——それが、空間であろうが、時間であろうが、物質化でき、エネルギー化できるということになる。

「——」

「風見縁覚の話では、〝螺王プロジェクト〟においては、次のように考えられていたという――」

「どのように？」

「すなわち、螺王は、因果の差のエネルギーを喰べる超生命体であると――」

「因果の差？」

「それが、何を意味するのか、わしにもよくわからぬ。わかっているのは、螺王の螺旋が、三次元的な空間の方向にのみ渦を巻いているのではないらしいということだ。螺王の螺旋は、時空にまたがって、渦を巻いている――」

「――」

「つまり、螺王の螺旋は、時間軸に沿った方向にも、対数螺旋を描いているというのだよ――」

「ぬう!?」

「つまり、螺王には、未来が見えるのだ」

「――」

「おそらく、太古の海底で、オウムガイが見たかもしれない未来は、自分たちが直接見たのではなく、螺王と交信することによって、見たのではないだろうか。それも、我々の知るようなレベルの交信ではなく、遺伝子レベルの、百万年単位でかわされるかたちの交信であったかもしれない。オウムガイという種に、自分たちが螺王という存在と交信していたという意識さえあったかどうか。むしろ、それは、螺王の方から一方的に、オウムガイに交信——というよりは、影響を与えていたのかもしれない——」

「むずかしい話になってきたな」

「だから、螺王が、何らかの影響を遺伝子レベルでオウムガイに与え、進化させ、アンモナイトという、不完全な螺旋を捨てさせたのかもしれない——」

「まてよ、爺さん。あんたの言っていることは、途方もないことだぜ。それは、もしかしたら螺王が、この地球の生命の進化に、遥かな昔から、影響を与えてきたってことじゃないのか」

　武蔵は言った。

「そういうことになるかな」

「急には信じられぬな」

「それだけではない。螺王は、未来をも、その螺力によって、変えてきたのではないかということだ」

「未来を？」

「うむ」

「何故？」

「現在に干渉し、未来を変え、その未来が変えられたことによっておこる因果の差の間に生ずるエネルギーを喰べているのだとも考えられている」

「なんだと――」

「たとえばだ。本来であれば、人口が百億人である地球の未来があるとする。それに、螺王が干渉することにより、戦争が起こり、未来のその人口が五十億になったとする。存在するはずであった五十億人分のエネルギー――いや、それはもはやエネルギーと呼べるものであるかどうかはわからん。とにかく、存在するはずであったものが存在しなくなったという、その差の間に、あるエネルギーが生ずるというのだ。螺王はそのエネルギーを喰っているというのだ」

「まさか――」

「そういう考え方もあるということだ。真実はわからん」

「もし、今、螺王が生きているなら、今も、まさに螺王は、我々の時間に干渉し続けているということになる」

「なるやもしれぬな。生命の進化というのは、もともと、そういう意味を持ってこの世に生じたのであるのかもしれぬよ。江戸か、京にゆけば、そのことは、もっとはっきりするはずだ――」

「むうう――」

武蔵は、そのとてつもないイメージに息を呑んだ。

「おそらく、そこには、まだ、〝螺王プロジェクト〟の資料が残っているだろうからだ」

「あるのか？」

「京か、江戸にはな。江戸には、まず間違いなく、それがあるはずだ」

「資料か――」

「もとより、わしの話は、師縁覚からの受け売りでな。はっきり、わしが理解して、ぬしらに話をしているわけではない。しかし、かといって、その話が、まったくのでたらめとも思うてはおらぬ。特に……」

九兵衛は、不思議な、星を見あげる時に放つような視線を、ガラスの円筒の内部に並んだ進化に向けた。

「……このような、螺力の研究を進めてゆけばゆくほど、その思いは深くなる。この宇宙の智に踏み入ってゆけばゆくほど、人の卑小さを思い知らされるばかりよ」

武蔵は、その九兵衛を見やって、

「そこで、おれが訊きたいのは、壬生幻夜斎のことだ」

「うむ」

「幻夜斎と、〝螺王プロジェクト〟とは、どのような関係にある？」

「何らかの関係はあるはずだが、それがどういう関係かはわからぬわい」

「――」

「しかし、ぬしは、唐津新兵衛から、そういうことについて、何も聴いてはおらなんだのか？」

「何も、ということはない――」

「何かは言われたのか？」

「壬生幻夜斎を討たねばならぬと。それが、遥か昔からの、自分の宿命であると……」

「遥か昔、とな？」

「異変前からと、そうわが父新兵衛は言っていた」

「すると、あの新兵衛も、幻夜斎も、異変前から生きていたことになるぞ」

「だろうな」

「そのような歳《とし》には見えなんだが――」

「幻夜斎も、新兵衛も、極めつけの螺力を持った螺人だ。その姿と年齢は、関係があるまい。螺力は、時間にも影響を及ぼすことのできる力なのだろうが……」

武蔵が言った。

九兵衛は、武蔵を見つめ、ゆっくりと顎を引いてうなずいた。

「そうであったな」

四

「螺王の話もいいがね、そろそろ明日の話をしてもいい頃じゃないかい――」

声をかけてきたのは、カマスであった。

カマスは、組んでいた腕をほどいて、九兵衛を見た。

「さっきの男の話じゃ、明日、蛇紅のやつが、城を出てくるっていうじゃねえか――」

まだ、壁に背をあずけたままだ。

「平四郎が言うていたことか――」

「そうだ。板垣の息子のな」

カマスは言った。

カマスが、シラメ、ホウボウと共に、この香林坊の地下にある九兵衛のもとにやってきた時、ちょうど平四郎から、話を聴き出していたところであった。

三人が、来輪左門と共に現われてからも、さらに、三十分ほど、平四郎から話を聴き出す作業が続けられたのである。

その時に、平四郎が口にした情報がいくつかあった。

城の警備の状態や、『秘聞帖』が隠されていると思える場所のいくつか。さらには、城主矢坂天心の病気のぐあいまでも、聴き出した。

そういう情報の中に、明日、蛇紅が城の外に出る、というのが入っていたのである。

午後に、城を出、痴玄と共に、丹力車で寒水寺《かんすいじ》に向かうのだという。

「何のために？」

問われて、平四郎は、

「蟲《むし》の実験だ――」

そう答えている。

「どういう実験なのだ？」

訊いたのは武蔵である。

「わからない。ただ、女を使うと言っていた――」

「女？　どういう女だ」

「たぶん、城の女ではないはずだ。蟲の実験ならばな。しかし、蛇紅であれば、城の女を使うことも充分に考えられよう。もっとも、ちょうどいい女を手に入れたという噂があるから、その女を使うのだろう――」

そう言った平四郎に、

「女の名は？」

声をあげたのは、伊吉であった。

伊吉が、平四郎に走り寄った。

「その女の名は何というのだ」

「知らぬ」

「千絵《ちえ》というのではないのか、教えてくれ。どうなのだ？」

「わからぬ」

「何故わからぬ」

「蟲の開発をまかされている蛇紅が、言わぬからだ。わが父板垣弁九郎と蛇紅とは、うまくいっていないのだ。川端道成《かわばたみちなり》であれば、蛇紅から色々と聴いてはいようが……」

「城は、今、二派に分かれているという噂は本当なのだな」

「本当だ」

「城主を挟んで、板垣派と川端派と分かれ、川端派に蛇紅がついているのだろう？」

九兵衛が訊いた。

「その通りだ」

平四郎が、うなずいた。

「女は――」

言葉があいたところへ、伊吉が割り込んだ。

「――彌勒堂《みろくどう》が捕えた女も、その時間には、寒水寺にいるのか？」

「その女が、実験に使われる女であれば、いるだろう。ことによったら、すでに、女は寒水寺に運ばれているかもしれない——」

平四郎が言い終えると、

「へえ——」

と、カマスが声をあげた。

「そいつは都合がいい話だな。案外、てっとり早く、ケリがつくかもしれねえ」

カマスが言った。

それで、蛇紅を追って、寒水寺まで様子をさぐりにゆこうということになったのである。

最初の予定では、やらねばならぬことが、幾つかあった。

まず、城へ忍び込むために、城の情報を、もう少し、集めねばならない。さらに、この地下から、城の地下へと抜ける道が、まだ使用できるかどうか、それも調べる必要がある。

伊吉の妻は、地下の実験室のどこかに閉じ込められているのだが、その場所も調べなければならない。

しかし、それにも問題があった。

伊吉の妻である千絵を救い出す話など知らないと、カマスが言い出したのである。

「おれらは、蛇紅と痴玄と、城主の天心の首さえとればいいんだ。城へ忍び込み、螺王の様子をさぐり、蛇紅と痴玄と城主の天心を殺し、しかも、蟲の秘密まで盗んで帰ってくるなど、いくら、地下の通路があったって、無理な話だな」

カマスはそう言った。

うなずくべき意見であった。

カマスの言う通り、城へむかう男たちの目的はばらばらであった。

人に知られず出入りのできる地下通路があるとしても、何人かの人間が組んで、その目的のうちのどれかひとつが、実現可能かどうかといったところであろう。

平四郎から、蛇紅が城の外へ出るという話を耳にし、それならば、いくつかの問題が、明日、まとめて解決できるかもしれないとカマスが言い出したのである。

〝てっとり早く、ケリがつくかもしれねえ〟とカマスが言ったのは、そういう意味である。

その時の話の続きをしようと、今、カマスが言い出したのであった。

「そうだな、その相談をしておかねばならなかったな――」

来輪左門がカマスに、相槌《あいづち》をうった。

「螺王に興味はあるが、おれの仕事は、とりあえず蟲だ。なにしろ雇われの身でね。仕事は、きちんとしておかねば、次から仕事が来なくなる」

「甲州《こうしゅう》武田の、雇われ間者か――」

カマスが言った。

「たしかにおれは雇われだが、武田だとはまだひと言も言っちゃいないぜ」

「ふふん」

カマスが、微笑した。

「とりあえず、蟲のサンプルは手に入れた。あとは、どれだけ、蟲の兵器開発が進んでいるのかを調べねばならん。もっとも、そのかわりに痴玄を手に入れるんでもかまわないんだがね」

左門が言った。

文三《ぶんぞう》の手首ごと、左門は蟲の幼虫を手に入れている。

それは、今、九兵衛の仕事部屋の冷蔵室で手首ごと冷やしている。

幼虫の活動を遅らせるためであった。

左門の発言があって、話は、自然に明日のことになった。

「しかし、今夜の明日ということでは、あまり時間がない――」

武蔵が言った。

表だって、多くの人数での移動はないだろうが、蛇紅と痴玄だけで城を出ることはまずあるまいと思われた。

彌勒堂の護衛がつくはずである。

いきあたりばったりに襲って、蛇紅を殺し、なお、痴玄を捕えられるわけでもない。

片桐という奇妙な男が、蛇紅とくっついてもいる。

九魔羅が、その片桐と共に、城の方へ丹力車で走り去ったことは、左門の話で全員が知っていた。

「とりあえず、様子をさぐるといったところであろうな」

九兵衛が言った。

「城への、地下通路の様子も、さぐらねばならぬわい」

シラメが言った。

「あたしは、寒水寺へ行くわ」

イサキが、声をあげた。

「おれもだ」

ホウボウが言った。

そして、カマス、伊吉、左門も、寒水寺へ行きたがった。

「それでは、人数が多すぎるわい」

九兵衛が、首を振った。

結局、シラメと、カマスと、九兵衛が、地下通路の様子をさぐりに出かけ、武蔵、左門、ホウボウが寺へ様子をさぐりにゆくことになった。

イサキと、伊吉が、香林坊の地下に残ることとなった。

「そんな面《つら》をすると、子供のようだな」

不満そうに唇を尖らせたイサキに、武蔵が言った。

第十四章　寒水寺《かんすいじ》

一

陽光が、その庭に照りつけていた。

一本の巨樹が、その庭の中央にそびえている。

銀杏《いちょう》の樹であった。

明らかに異変前からそこに生えていたとおぼしき樹である。庭の地面に、その銀杏が、濃い影を落としていた。

その幹のむこうに、高い築地塀《ついじべい》が見えている。

寒水寺の裏庭である。

本堂の裏手――そこの濡れ縁に、蛇紅が座している。

蛇紅が座しているのは、黄金色の座蒲団である。

着ている和服までが、黄金色であった。羽織も、金糸の刺繍《ししゅう》のある帯までもが、黄金色である。

その羽織の袂《たもと》と背に、紋が入っている。

これもまた、黄金の蛇であった。

太い金糸で、自らの尾を咥《くわ》えた蛇——ウロボロスが、そこに刺繍されているのである。

長い、癖のない黒髪が、黄金色の羽織の肩から、胸と背とへ流れ落ちている。

その左横に、痴玄が立っている。

ふたりの左右の土の上に、十人余りの男たちが、控えている。屈強そうな面構《つらがま》えの、身体の大きな男たちであった。彌勒堂の兵士たちだ。金沢の正式な兵士集団ではないが、それぞれが、彌勒堂の制服を着、武具を身につけている。

迷彩服《めいさいふく》——胴当て、兜《かぶと》に似たヘルメット。そして、背に、ひと振りの日本刀を負っている。

彌勒堂の男たちに混じって、ふたりの白衣の男が立ち、そして、もうひとり、だぶだぶのスーツを着た、細身の片桐が、バッグを手にして立っていた。

そして、さらに、銀杏の樹の下に、ふたりの人間が立っていた。

ひとりは、男である。

ひとりは、女である。

どちらも、全裸であった。

若い、整った顔をした男と、豊満な肉体をした、美しい女であった。

その唇に、憂いを含んだような表情で、蛇紅は、そのふたりの男女を眺めている。

その男女と銀杏の樹を中心にして、幕が、三方に張りめぐらされている。蛇紅から見て、正面と、左右の辺を、その幕が囲んでいる。

幕がないのは、蛇紅の座している濡れ縁の辺だけである。左右の幕は、ちょうど濡れ縁に接するところまで張られている。

もとより、高い塀に囲まれた寺の庭である。寺の外のどこかからのぞけるわけでもないが、その庭の空間を、幕でさらに囲っているのであった。

その幕の外にも、十人余りの彌勒堂の男たちがいた。

「準備は？」

蛇紅が、顔をふたりの男女に向けたまま、横の痴玄に言った。

「いつでも始められます」

痴玄が答える。

「始めなさい」

蛇紅が、赤い唇を小さく動かして言った。

「やれ」

痴玄が言うと、ふたりの白衣の男たちが動いて、銀杏の樹の下にいる全裸の男女に向かって歩き出した。片桐が、そこに残った。

白衣のふたりのうちのひとりが、ブリーフケースほどの大きさの木箱を両手で抱えている。もうひとりの白衣の男は、手ぶらであった。

ふたりは、その男女の前で立ち止まった。

木箱を抱えている男が、その木箱を軽く差し出すようにすると、もうひとりの男が、その木箱の蓋《ふた》を開いた。

中に、注射器と、注射針、そして、薬液らしきものが入った小壜《こびん》がいくつか並んでいる。

男は、そこから注射器を取り出して、注射針をセットした。薬液の入った小壜から、注射器の中にその薬液を吸入する。ほんの少量である。

ふたりの男女は、緊張のため、表情が硬くこわばっていた。

男は、まず、その微量の薬液の半分ほどを、男の右腕に注射した。針先を消毒液に浸した布の小片でぬぐい、次は、残りの半分を女の右腕に注射する。

無言の作業であった。

ふたりの白衣の男たちが、元の場所にもどりきる前に、それが始まった。

最初に、反応したのは男であった。

そして、それに、わずかに遅れて女が反応した。

薬液を注入されてから、一分も経《た》ってはいないだろう。

まず、男の股間《こかん》の男根が、ふいに、ぴくんと小さく跳ねた。それが、みるみるうちにふくらんで、立ちあがってゆく。

これほどと思えるほど、硬くふくらみきり、先端の皮膚が張りつめている。その表皮が裂けて、内部の血肉が外にはじけ出てしまいそうであった。

男の口が、半開きになっている。

男の眼が、とろけそうな表情になり、何か信じられないものが、肉の中に生じつつあるような顔つきになった。

何だ？

そういう表情である。

何だ、これは？

この、自分の身の裡《うち》にわきあがってくる、信じられないほどの快美感。

男の眉が寄った。

「ああ」

と、男は、その整った顔を歪《ゆが》めて、女のような声をあげた。

尻を後方に引いて、腰をよじった。

両手で、股間の、硬くふくらんだものを押えた。

強烈なものが、その股間から、外へ抜け出そうとしており、それを両手で押え込もうとでもしているようであった。

「おおっ」

男は、いきなり、腰を前に突き出した。

男の亀頭の先端から、白いものが、勢いよくはじけ飛んでいた。

「おううう……」

と、男が呻《うめ》く。

一度ではなかった。

二度、三度、四度、五度……。

それでも終わらない。

たて続けの、おそろしく巨大な快感の波が、男の肉体を襲い続けているのである。

男の膝が、あっけなく崩れ、男は、地面に倒れ込んだ。

仰向けになる。

その状態で、男が、天に向かって、大きく腰を突き出し、その腰を踊らせる。腰が跳ねる。

七度……

八度……

九度……

十度……

さらに、さらに、男の先端から精液がほとばしる。

これほど大量の精液を、連続的に人の肉体が造り出せるものなのか。

女の反応も、凄かった。

眉を寄せ、眼を開き、唇を噛んだ。

膝を閉じ、腰を後方にひいて、助けを求めるように、視線を蛇紅に向けた。

女の唇から、濡れた、愉悦の塊りのような声が洩れた。

女の太股の内側が、濡れて光っている。

その、濡れて光っている場所が、両脚の足首にまで達していた。

太い鉄の棒に全身を貫かれたように、びくんと女は身体を震わせた。

片腕で胸を抱え、片手を股間に挟んでいる。

どうしていいのかわからない、そういう動作である。

右手が、左の自分の乳房を強く握っている。尖って硬くなった乳首が、指の間から突き出ている。

「ああっ！」

高い声を、女は放ち、地面に崩れ落ちた。

身体を、狂おしくよじり、叫び声をあげた。

仰向けになって、両脚を開き、爪先と後頭部とで、ブリッジを造る。

女の股間の肉襞《にくひだ》が、続けざまに収縮し続けている。

そこから、しぼり出されるように、体液がこぼれ出てくる。押し出されるように、体液が溢れ出てくる。

それが、尻を伝い、地に滴《したた》っている。

男も、女も、地面の上で、のたうった。

呼吸すら、満足にできないようであった。

肺が鳴る。

喉《のど》が、音をたてて空気を吸い込む。

快感が終わらない。

快感地獄だ。

男は、まだ、射精を続けている。

その精液に、血が混じり出した。

女の尻の下の土は、濡れて、その汚泥《おでい》が女の白い下半身に付いている。

「た、助けてくれ……」

「たすけ――て……」

男と、女が、声をあげるが、すでにその声はかすれている。

女が、自分の柔襞《やわひだ》に、指で爪をたてた。

爪をたてて、そこを掻きむしる。

一方の手で、そこを殴りつける。

男が、亀頭の先端の肉を、指でほじくった。

そのどちらも、今、自分の肉体を襲ってくる快美感をどうにかしようというものであった。いや、すでに、ふたりにはそのような自覚はなかったかもしれない。

狂っていた。

やがて、男も女も、動かなくなった。

身体中の精を洩らし尽くしてしまったようであった。

しかし、まだ、男のそれは、硬度を保ったまま、ひくひくと跳ねあがるような動きをみせていた。

女のそれは、まだ、激しい収縮を繰り返していた。

動かなくなったふたりに、何人かの男たちが駆けより、その身体を幕外に運び出した。

「死にましたか……」

蛇紅が訊いた。

「いえ。ナルコフェリン──大楽薬《だいらくやく》の量を押えておきましたので──」

痴玄が、蛇紅の反応をうかがうように言った。

「どのくらいに？」

「八千倍に薄めたものを、ひとり、一ccほど与えました」

「かなりのものですね」

「原薬は、蟲の精液から抽出して、精製《せいせい》したものですから、純度はかなりのものです。一匹の蟲から、発情期の期間中に、およそ〇・四リットルの原薬を造り出すことができます」

「蟲の養殖は、今は、どの程度まで可能ですか？」

「現在で百匹までは、とりあえず、この寒水寺の地下で可能でございます。現在すでに、八匹の蟲を飼っております」

「それが、今日は、何匹に増える？」

「さて——。少なくとも十匹、多ければ、二十匹近くの蟲が手に入りましょう」

「そちらの方の準備は？」

「できております。地下に下りて、そこでごらんになりますか——」

「いいえ、この場で、それを見ることにしましょう。ここへ、あの女を連れて来れますか？」

「いつでも。すでに、女の体内で育っておりますれば、軽く刺激を与えさえすれば、いい状態になっています」

「刺激は何を？」

「人の耳には聴こえない、高周波の超音波を使います。成虫がたてる羽音の、一番高い領域のものが、刺激には最も効果があることがわかっています」

痴玄は、蛇紅に頭を下げてから、

「用意を――」

白衣の男たちに言った。

白衣の男たちは、すぐ幕の外に姿を消した。

「どうですか、片桐……」

蛇紅が、下の土の上に立っている片桐に声をかけた。

「なかなか、おもしろうございました」

片桐が言った。

「これは、戦場で、ガス兵器としても使用できるのですよ」

「それでは、味方も、そのガスを吸ってしまうのではありませんか？」

「すでに、中和剤の開発は済んでおるでな。自軍の兵にはそれをあらかじめ飲ませておけばよい」

痴玄が、蛇紅にかわって答えた。

ってきた。

「ははあ――」

片桐が感心したように声をあげた時、左の幕が、上に持ちあげられ、白衣の男たちが入ってきた。

人数が三人になっている。

下に車の付いた寝台を押しながら、四人目の男が、幕内に入ってきた。

寝台の上には、全裸の女が、仰向けになって、眼を閉じていた。

千絵であった。

千絵の腹が、異様に大きくふくれあがっている。

子供を産む寸前の、妊婦の腹よりも、さらに大きい。これほど、人の腹が大きくなるのかと思えるほどだ。

そして、その腹や、全身に、青黒い痣《あざ》に似た斑点《はんてん》が浮きあがっている。

その寝台が、銀杏の樹の下で、停められた。

白衣の男たちが、すぐに、その寝台から離れた。

寝台の上に仰向けになっている千絵の顔は、驚くほど瘦せていた。しかし、その顔に比べ、その肉体の方は、胴も、腕も、脚も、不気味なくらいに太くなっている。

千絵は、眠っているようであった。

白衣の男のひとりが、小さなカセット・デッキ状のものを取り出した。

そのボディの横に、つまみがある。

男の指が、そのつまみをつまんで、ひねった。

音がしたのは、そのつまみをひねった時の、微かな〝かちり〟という音のみであった。

しかし――

ふいに、千絵の腹の黒い痣が、動いた。

それは、始め、眼の錯覚かと思えるほど、微かな動きであった。

だが、確かにそれは動いた。

ひとつだけではない。千絵の、ふくれあがった腹の中で、痣が、動く。

いや、痣というよりは、皮膚の内側のほんのわずかのところに、何か、黒いものがいるのだ。

それが、皮膚と肉を透かして、黒い痣と見えているのである。

動く。

動く。

腹、腕、脚――

痣が動く。

腹の表面の肉が、盛りあがる。盛りあがったそれが、動く。

千絵が、ようやく、眼を開いた。

痛みを覚えている眼ではない。

自分の肉体に、何か異変がおこっており、その不快感で、眼を覚ましたようであった。

腹の肉が、大きく上に盛りあがる。

千絵の身体のあちこちで、皮膚の表面が盛りあがり、動く。

千絵が、かっと眼を開いた。

天を見た。

千絵の頭上で、銀杏の葉が、風の中で陽光を掻き混ぜるように揺れている。

光が、千絵の顔の上で踊る。

自分の肉体に、何がおこっているのか、千絵にはわからないようである。ぼんやりと、揺れる光を眺めているようであった。

ふいに、千絵は、腕をあげて、自分の身体に手をあてた。

痒《かゆ》い……

千絵の唇が、小さくそう動いたように見えた。

痒い……

痒い……

千絵が、腹に爪をたてた。

そこを掻く。

しかし、搔いても、搔いても、まだ搔き足らない様子であった。

ほじくった。

搔き毟《むし》った。

皮膚が破れ、黄色い脂肪の層が覗《のぞ》く。そこを、指で搔く。ピンク色の肉が覗き、指が血にまみれてゆく。その肉を、さらに、千絵の指と爪がほじくってゆく。

血に濡れた肉が、動いている。

千絵の指が、深く自分の腹の肉の中に潜り込む。そこの肉が、内側から、何かに突きあげられるように上に持ちあがってくる。

湿った音。

そこの肉の中から、千絵の指に誘われるように、顔を出したものがあった。

黒くて、ひどく、凶々《まがまが》しいものだ。

それが、出てきた。

巨大な、黒い蛆《うじ》である。

長さは、二〇センチほどもあろうか。

それが、肉の中から、次々に姿を現わし、這《は》い出てくるのである。

千絵が、初めて、苦痛に顔を歪めた。

声をあげた。

彌勒堂の男たちが、その時には寝台の周囲に集まって、千絵の両手、両足を押え込んでいる。千絵は、腹を掻き毟ることも、声をあげることもできなくなった。

口から、何かが出ようとしているらしい。

太い、蛆だ。

蟲の幼虫である。

一匹……

二匹……

三匹……

四匹……

五匹……

出てきたそれを、白衣の男たちが、つかみあげ、太いガラス壜の中に、一匹ずつ入れてゆく。

「今日中に、あの中で、繭《まゆ》を造り、蛹《さなぎ》となって、一カ月後には、羽化《うか》いたします」

痴玄が、蛇紅にささやきかける。

その間、千絵が、獣の声をあげて、身をよじっている。

蟲の幼虫は、千絵の身体のいたる所から這い出てくる。

女陰からも、そして、眼からも——

千絵の眼が、内側から押されて、堅く閉じた瞼《まぶた》の間からせり出してきて、外へ落ちる。

その眼からも、幼虫が這い出てくるのであった。

その時――

「ちい、ええっ！」

幕の外に、男の叫び声が響いた。

「ちええええっ！」

その声が、近づいてくる。

左手の幕が持ち上げられ、そこから、彌勒堂の男ふたりが、入ってきた。

そのふたりの間で、両腕を捕えられている男がいる。その男が、千絵の名を叫んでいるのであった。

伊吉であった。

「どうした？」

問うたのは、痴玄であった。

「寺の中へ、忍び込もうとしていた男です。あの女の名を呼んでいるので、捕えてここまで連れて来ました」

彌勒堂の男が、頭を下げてそう言った。

伊吉は、首をねじるように、銀杏の樹の方向にむけている。

千絵は、身体を大きくよじりながら、獣のように咆《ほ》えていた。

「ちえええええっ!!」

伊吉が声をあげた。

その声に応えるように、千絵が高い声をあげ、そして、ふいにその声が途切れた。

千絵が動きを止めていた。

「千絵っ!!」

伊吉が、狂ったように暴れだした。

彌勒堂の男が駆け寄り、剣を鞘《さや》ごと抜いて、その鞘の尻で、伊吉の腹を突いた。

伊吉が、膝を折って、呻いた。

両側の男に支えられていなければ、伊吉はそのまま、土の上に倒れていたところだ。

伊吉が、顔をあげた。

蛇紅を睨み――

「おまえら、千絵に何をした!?」

呻くように叫んだ。

「おれの千絵を返せ」

その伊吉を、痴玄が濡れ縁の上から眺め、

「ははあ、この男、あの女の夫でございますな」

痴玄が言った。

「伊吉か……」

ぽつりと、溜息のように、蛇紅が言った。

「殺しますか？」

彌勒堂の男が言った。

「いや、生かしておけ。仲間の居場所を吐かせなければならぬ」

痴玄が言った。

二

「まずいな……」

そう囁《ささや》いたのは、左門であった。

「イサキが、伊吉と一緒だったはずだが……」

言ったのは武蔵である。

場所は、寒水寺の、梵天堂《ぼんてんどう》の楼上《ろうじょう》である。

寒水寺は、大きく、五つの棟からなっている。

一つは、本堂となっている如来堂《にょらいどう》。

一つは、その西の金剛堂《こんごうどう》。

一つは、その北の寒月堂《かんげつどう》。

一つは、その西南の無明堂《むみょうどう》。

そして、五つ目が、今、武蔵のいる梵天堂である。

それらの棟が、山の斜面の森の中に、如来堂を中心にして建てられている。

もともと、異変前は、四棟からなる仙岳寺《せんがくじ》として知られていた寺だ。

それが、異変によって、他の三棟は潰《つぶ》れ、本堂のみ残った。

それを、異変後、金沢城主矢坂重明の時に、建てなおされたものである。そのおり、新たに、無明堂が建てられた。

表向きは寺だが、実体は砦《とりで》であった。

それが、いつの間にか、兵器や武器の開発をするようになり、現在は、彌勒堂の管轄下に置かれている。

しかし、あくまでも表面上は寺であり、実際に寺としての機能を有していた時代もあったのだ。

梵天堂は、そのおりに経堂《きょうどう》として使用されていた堂で、現在は、ほとんど機能していない。本堂の如来堂からは、やや離れた場所にあり、如来堂を、東から見下ろす位置にある二層からなる建物である。

人は、いない。

その二層目の、高欄《こうらん》の端に、武蔵、左門、ホウボウは身を潜めているのである。

そこからは、本堂の裏手の、幕の内部を見下ろすことができるのである。

偵察のつもりであった。

女――千絵が、この寺のどこにいるのか。

この寺で、蛇紅が何をしようとしているのか。

それを探る。

もし、機会があれば、蛇紅を倒すことも千絵を助け出すことも、やるつもりでいたが、これまで、その機会はなかった。

城から出ている蛇紅が、独りになることはない。常に、十人以上の彌勒堂の男たちに囲まれていた。

蛇紅が、螺力を有してさえいなければ、三人いれば、たとえ十人の彌勒堂の人間がいようと、なんとかなるかもしれないが、蛇紅の螺力ばかりはあなどれない。

九兵衛の造った、頭部と心臓を押えておくプロテクターを武蔵と左門が身につけ、ふたりがかりで挑めば、勝機はあろうが、今、それを身につけているのは、左門のみである。

腹に、傷を負っている左門に、そのプロテクターを、武蔵が強引につけさせたのだ。

「殺すか……」

と、ホウボウが、低い声で言った。

「殺す？」

と、左門。

「今、殺しておかねば、やつは、おれたちのことをしゃべるだろう」

「そいつは、もっともだが、今、そんなことをしたら、おれたちが追われるぜ。やつら、今すぐ、伊吉に何か言わせようとしているわけではなさそうだ。伊吉がしゃべるより先に、おれたちが帰りつけば、まず、捕えられたりはしないだろう」

「ふふん」

ホウボウが言った時、

「む!?」

武蔵が、低く声をあげた。

「イサキだ」

と、武蔵は言った。

「なに!?」

ホウボウと左門が、武蔵の視線の先へ眼をやった。

ちょうど、そこは、本堂裏手にある塀の外側であった。

その、すぐ近くまで、森の幹や梢が伸びている。

そのうちの、大きな楠《くすのき》の一本の枝に、人影があって、幕の内側を見下ろしているのである。

それが、イサキであった。

梢の葉に隠れて、下から見上げる者には見え難《にく》いが、上から眺めている武蔵からは、イサキの姿がよく見える。

イサキは、どうやら、その梢から、塀の内側へと入り込もうとしているようであった。

「いかん。やめさせねば――」

左門が言った。

「あれでは見つかる」

武蔵が言った時、幕内にいた彌勒堂のひとりが、イサキの方を指差して声をあげた。

「イサキ!」

真っ先に動いたのは、ホウボウであった。

もう、高欄に背を向けて、駆け出していた。

「何をする気だ」

その背へ、左門が声をかける。

一瞬、ホウボウが立ち止まり、

「イサキを助ける」

左門を振り返った。

「それができるなら、伊吉の時にやっている」

「イサキは、数少ない蛟《みずち》族の女だ」

「待て――」

「おれが、蛇紅の相手をする。その間に、イサキと逃げるんだ」

「本気か」

「いやなら、今すぐ逃げることだ。おれはゆく――」

ホウボウは、その巨体に似合わぬ身軽さで再び走り出していた。

「ちっ」

「ぬ⁉」

武蔵は、声をあげて、ホウボウの後を追った。

腹に傷を負った左門が、やや遅れて続いた。

「武蔵、ゆくのか⁉」

武蔵の背に、左門が後方から声をかけた。

「仕方あるまいよ」

白い歯を見せて、武蔵は、ふてぶてしく嗤《わら》った。

「ばか」

左門は言ったが、その〝ばか〟は、もう、すでに覚悟を決めた声になっていた。

三

その騒ぎがおこった時、伊吉を押えていた男の手の力が、わずかにゆるんだ。

伊吉は、大きく身をよじって、男の手から逃れ、男の腰から、左手に剣を引き抜いていた。

「きさまっ」

襲いかかろうとした男の腹へ、抜いたばかりの剣を、伊吉は突き立てていた。

「あげえっ！」

悲鳴をあげたのは、刺した伊吉であった。

「わわわわわわわわっ」

剣を、男の腹から引き抜き、血のからみついた刃を無茶苦茶に振り回しながら、伊吉は、千絵に向かって駆け寄ってゆく。

「ちいえええええっ！」

しかし、その時、もう、千絵の身体は動いていない。

駆け寄り、伊吉は、剣を右手に握り、千絵の身体を左手で押した。

動かない。

千絵の肉が揺れるだけだ。

千絵の眼は、天を睨んでいた。

不思議な、快美感とも苦痛ともつかない表情が、千絵のその眼と唇に浮かんでいた。

千絵は、絶命していた。

獣に似た声で、伊吉は吼《ほ》えた。

千絵の腹の中から、蟲が、もぞもぞと這い出てきた。

伊吉は、叫んだ。

狂った。

その蟲に向かって、剣を打ち下ろした。

蟲が、刃に潰され、その刃が、千絵の腹の中に潜り込んだ。

「糞《くそ》！」

「糞！」

伊吉は、自分の妻であった女の肉体に、狂ったように、剣を何度も打ち下ろした。

「親父に、親父にやられやがって――」

骨が、削れた。

「蟲にも、やられやがって――」

骨片が飛ぶ。

白い骨片と肉片が、伊吉の顔にへばりついている。

「糞、お、おまえらっ」

伊吉は、血みどろの顔をあげた。

彌勒堂の男たちを睨んだ。

「おまえらっ、おまえらあっ」

伊吉が、彌勒堂の、剣を握った男たちに向かって、突進した。剣を振り回す。

刃と刃が、ぶつかる音。

伊吉は、大きく喘《あえ》いでいる。

ほとんど全身の力を、使ってしまったのだ。

しかし、なお、伊吉は剣を振り続けている。

しかし、この男のどこに、それほどの体力がまだ残っているのか。

彌勒堂の兵士たちは、伊吉を扱いかねている。

〝殺すな〟

と、蛇紅に言われている。

殺さずに捕えるには、剣を握って、それを狂ったように振り回しながらかかってくる伊吉は危険すぎた。

殺すのなら簡単だ。

それができない。

だが、伊吉は、まだ残っていた貴重な蟲の幼虫を殺している。本来であれば、そのことだけでも、斬り捨てられてもしかたのない伊吉である。

兵のひとりが、伊吉に斬りつけた。

「ぬがっ」

伊吉の、左腕が、肘から斬り落とされた。

しかし、左手が、まだ剣の柄《つか》を握っているため、そこに肘から先の左腕がぶらさがった。

「ぬわわっ」

伊吉は、声をあげて、自分の腕を斬った男を、狂気の眼で睨んだ。凄まじい眼だ。

一瞬、その男がひるんだ。

そのひるんだ男に向かって、伊吉が、左腕がまだぶら下がっている剣を、思いきり突き出した。

「ごべえっ！」

その兵士が、声をあげた。

伊吉の剣が、その兵士の身体を、刃で傷つけた。

その兵士は、自分の胸に、浅く潜り込んできた伊吉の刃に逆上し、

「くわあっ」

思わず、剣先を、突き出していた。

それが、深々と、伊吉の心臓と肺を貫いていた。

口から、血の泡を吹いて、伊吉はそこに仰向けに倒れた。

動かない。

死んでいた。

イサキは、それを、塀の上から見た。

その時には、外と内の塀の下を、彌勒堂の兵士たちが囲んでいる。

兵士たちが、塀の上に上《のぼ》る。

「捕えろっ」

「殺すなっ」

兵士たちが声をあげる。

イサキに、左右から、ふたりの兵士が斬りかかってきた。

腰を落として、イサキは、自分の背の剣を引き抜いて、低い位置で一閃《いっせん》させた。

左右からかかってきた兵士の、前に踏み込んできたそれぞれの両脚の脛《すね》を、その剣で両断した。

「うごっ」

「あぐっ」

ふたりの兵士が、そこに自分の片足を残して、塀の上から転げ落ちた。

「おやめなさい」

その時、男の声がした。

ひとりの、白衣を着た男が、少し向こうの塀の上にあがってくるところであった。

イサキが、斬りかかるよりも先に、その男は塀の上に立って、疾《はし》り寄ろうとするイサキに片手を上げた。

〝止まれ〟

そう言うように、男は、左手の手《て》の平《ひら》をイサキに向けた。

闘いに来たという雰囲気ではない。

妙に落ち着いていて、しかも、殺気がない。

スーツの上に白衣を着、よれよれのズボンを穿いていた。

右手に、茶色の、古い革のカバンを下げている。

片桐であった。

イサキは、剣を構えて、思わずそこに立ち止まっていた。

この片桐に全てをまかせたらしく、兵士たちは、もう、塀の上に上って来ようとはしない。

遠巻きにして、塀の上のふたりに視線を注いでいる。

「手むかわぬ方が、おためですよ。痛い思いをするだけ、損ですからね」

片桐は、教師が、生徒を諭《さと》すような口調で言った。

「片桐、みごと、無傷でその女を捕えてみよ」

下から、声が届いてきた。

見れば、塀の内側の下に、蛇紅と痴玄が立っている。

今の言葉は、蛇紅が発したものであった。

「承知つかまつりましてござります」

片桐が、頭を下げて、そこに片膝を突いた。

イサキが、そこにいないもののように、片膝の上にカバンを置いた。

唐破風《からはふ》の塀である。

塀の上部は、瓦の屋根になっている。

カバンを開いた。

カバンの蓋が、二枚貝が口を開くように持ちあがる。しかし、その持ちあがった部分が死角を造り、イサキからは、カバンの中身は見えない。

「さて、どれにいたしましょうか」

片桐は、カバンの内部を見つめながら言った。

イサキは、片桐を無視した。

剣を片手に握り、さっきまで自分がいた欅《けやき》の枝に左手で飛びついた。

その枝の反動を利用して、さらに高い枝に移ろうとしたその時、片桐が、カバンの中から右手で何かを取り出し、それを、イサキに向かって投げつけた。

イサキが、宙を飛んできたそれを、左手で枝にぶらさがりながら、右手の剣ではらった。

その瞬間——

白い銀糸が、そこから、四方に飛び散るように広がった。

それに、イサキは、木の枝ごとからめとられていた。

イサキは、枝から手を放して逃げようとした。イサキの身体が塀の外側に落下した。しかし、その身体が、宙で止まっていた。木の枝と、イサキの身体にからみついていた銀糸が、イサキの肉体の自由を奪っていた。

枝の弾力と、銀糸が持つ弾力とで、イサキの身体は、宙で上下した。

剣を手にした兵士たちが、イサキに向かって走り寄る。

「殺してはいけませんよ」

片桐が、兵士たちに声をかけた。

「蜘蛛網《スパイダー・ネット》を、使いました。今のうちに、捕えなさい。一分もしないうちに、ネットの弾力が失《な》くなって、効力が無くなりますから——」

兵士たちが、イサキを、ネットごと押え込む。

「畜生、触るんじゃないよ。バカッ」

イサキの剣がもぎ取られ、手足が押え込まれる。

その時には、ネットが、弾力を失って、ぱりぱりと音をたて始めている。

イサキの身体が、地に落ちた。

イサキの身体を拘束しているのは、もはや、ネットではなく、兵士たちの手であった。

「済みましたか？」

塀の内側から、蛇紅が声をかける。

「はい」

片桐が、後方を振り向き、塀の上から答えた時、

「な、なんだ、おまえらっ」

兵士たちの声があがった。

その声が、

「おげっ」

「あわっ」

たちまち、悲鳴にかわる。

片桐が振り向くと、十人余りの兵の中に、三人の男が、剣を手にして斬り込んできたと

ころであった。

すでに、三人の兵が、その男たちの刃にかかって倒れ伏している。

「武蔵！」

イサキが叫んだ。

斬り込んできたのは、武蔵、左門、ホウボウの三人であった。

「無事かっ」

武蔵が言いながら、イサキを捕えていた兵士を、左肩から袈裟《けさ》斬りに、斬り倒した。

イサキを押えていた男たちは、手を放し、それぞれ、剣を構えた。

イサキが、落ちていた剣を拾って立ちあがる。

その身体に、今は粘りを失って固くなったネットの名残りが、へばりついている。イサキが動くと、それが、はらはらとはがれて地に落ちてゆく。

「何故、ここへ来た!?」

「少し眼を離している隙に、伊吉が、いなくなったのよ。寒水寺に行ったに違いないと思って追ってきたの――」

斬り込んできた兵士を、剣を振って後退させ、イサキは言った。

「伊吉は!?」

「死んだわ」

短く、イサキが答えた。

すでに、兵士の数は半分になっている。

塀の内側にいた兵士たちが、塀を越えて、外側に下りてくる。

倒すよりも、塀を越えて増えてくる兵士の数の方が多い。

「逃げるぞ！」

武蔵が、目の前の兵士を、脳天から斬り下ろして、叫んだ。

その時——

「ぬしが、武蔵か……」

塀の上から、声がかかった。

そこに、蛇紅が立って、武蔵を見下ろしていた。

唐津武蔵——

皇王蛇紅——

この時、ふたりは、初めて相見《あいまみ》えたのであった。

「会ったばかりで申しわけないが、失礼するぜ」

武蔵が、声をかける。

「たいしたおもてなしもせぬうちにお帰りというのは、つれないじゃありませんか」

「今度来る時は、手土産《てみやげ》を用意して来る。今日は手ぶらなんだよ」

武蔵が、兵士の囲みを突っきろうとした時、ふわり、と、蛇紅が宙に飛んだ。

黒い翼を広げ、舞い降りてくる鳥のように、優雅な身ごなしで、蛇紅が、武蔵の前に降り立った。

「待て！」

武蔵と蛇紅の間に割って入ったのは、ホウボウであった。

「蛇紅さま、おまえさまの相手は、このわたしでござりますぞ」

色の白い、丸く張りつめた肉体を持ったホウボウが、剣を両手に握ってそこに立った。

武蔵とイサキが、横手に走り出す。

その前に出ようとした蛇紅の動きより、一瞬疾《はや》く、蛇紅の頭の上に、ホウボウの剣が打ち下ろされた。

それを、鼻先で、蛇紅がかわした。

驚きの表情が、蛇紅の顔に浮いた。

武蔵の剣が、前を塞ごうとする兵士を、斬り倒す。

それに、イサキ、左門が続く。

「逃げるぜ、ホウボウ！」

左門が、走りながらホウボウに声をかけるが、ホウボウは動かない。

「片桐、あの者たちの後を追いなさい。この男を始末して、すぐにわたしも行きます」

蛇紅が言った。

「承知」

片桐が、カバンを手にして、塀から跳び降り、兵士たちに混じって、武蔵たちの後を追った。

「追わせないよ。おまえさんは、ここで死ぬんだからな」

ホウボウが、言う。

そのホウボウに、残った兵士が斬りかかろうとするのを蛇紅が制した。

「おまえたちは、片桐と一緒に、あの男たちを追いなさい。ここは、この蛇紅ひとりで充分——」

数瞬迷った兵士たちが、片桐の後を追った。

そこに、蛇紅ただひとりが残った。

「兵を行かせたことを、後悔なさりますぞ」

ホウボウが、にっ、と笑った。

蛇紅は、答えずに、無言で、腰の剣を抜き放った。

その瞬間に、身を沈めて、ホウボウが蛇紅との間合いをつめた。

身を沈めたホウボウの頭上を、金属光が疾《はし》り抜けて、消えた。

剣を抜き放ちざまに、蛇紅が仕掛けた螺力による攻撃を、ホウボウがかわしたのである。

「むう!?」
蛇紅が声をあげた。
ホウボウは止まらない。
自分の間合いに入りざま、蛇紅に向かって剣を打ち下ろす。
ぎいん、
と、蛇紅がホウボウの剣を受けた。
次の瞬間、ホウボウの唇から、

ぶっ!

黒いものが、蛇紅の顔面に向けて疾《はし》った。
呼弾《こだん》である。
小豆《あずき》大の鉄球を、口から、相手に向かって飛ばす技《わざ》だ。
このくらいの至近距離であれば、頭蓋骨《ずがいこつ》を貫通する。
その呼弾が、蛇紅の頭部を、打ち抜いたように見えた。
しかし、そうではなかった。
呼弾は、蛇紅の頭部を貫通したのではなく、通り抜けたのであった。

その頭部へ、たて続けに、ホウボウの剣が、攻撃を疾《はし》らせてゆく。

蛇紅が、剣による攻撃をホウボウに仕掛けるには、一瞬にしろ、時層のずれの中から、この次元に肉体をもどさねばならない。

その時はまた、ホウボウの攻撃を受けることになる。

ほんの一瞬、ホウボウに、剣による攻撃を仕掛け、次の瞬間に、また時層のずれの中に蛇紅が入り込む。

しかし、その蛇紅の攻撃のことごとくが、ホウボウによってかわされた。

「ほう……」

蛇紅が、何ごとか気づいたように声をあげた。

「伝通力《でんつうりき》か――」

伝通力――

伝心通《でんしんつう》が、直接相手の心からその意志を読みとる能力であるならば、伝通力は、相手の肉体から、相手の動きを読みとる能力のことである。

ほんの小さな表情の動き、筋肉の震えから、相手の次の動作を理解する能力のことである。

蛇紅の赤い唇に、笑みが浮いた。

蛇紅は、大きく後方に跳んだ。

蛇紅の身体が宙に浮きあがり、元の、塀の上に乗った。

その動きに、ホウボウが遅れずについてゆく。ホウボウの、丸い身体が、毬《まり》のように跳んで、蛇紅の正面に立った。

伝通力と、自分の能力を知られた以上、距離をとられたら、ホウボウに勝ちはない。

自分の剣が届かぬ距離をとられたら、蛇紅の螺力に、ホウボウは、今度はやられてしまう。

ホウボウが、この疾《はや》さで攻撃を仕掛け続けていれば、蛇紅は、螺力を存分には使えない。

時層のずれの中に入っている間は、蛇紅も、ホウボウに対して、螺力による攻撃は加えられないからだ。しかし、螺力による時層の移動は、かなりの体力を消耗する。そういつまでも螺力を連続的に使用できるものではない。

ホウボウが、自分の前に立った瞬間、また、蛇紅は跳んだ。

塀の下に降り立ち、剣を頭上に持ちあげて、切っ先を、真上に向けて立てた。

ホウボウが、蛇紅の後を追ってまた地に跳び降りた。

その瞬間——

跳び降りたホウボウの尻の間で、いやな音がした。

鋭いものが、肉の中に潜り込む音だ。

「おごっ」

ホウボウが声をあげた。

両脚を広げてそこに立ち、自分の股間に眼をやった。

光る刀身が、脚の間にあり、その刀身が、股間に潜り込んでいるのである。

鍔元《つばもと》から、少し上のあたりの部分が、そこから折れたように、ホウボウの股間から下がっているのである。

つうう、
と、その刀身にからみつきながら、血が滑り落ちてきた。

しかし、その血は、刀身の折れたように見える部分まで滑り落ちてくると、そこで姿を消した。

「くくく……」

切っ先を上に向けて、剣を頭上に差しあげた蛇紅が笑った。

見れば、蛇紅の剣の刀身が、鍔のすぐ先から消えていた。

そして、まるで、虚空《こくう》からこぼれ出てくるように、刀身が消えたその部分から、鍔元へ赤い血が流れ落ちてくるのである。

「くかかか――」

いったん、落下しかけた肉体は、途中でその動きを止められない。

たとえ、自分が落ちてゆく地面の上に、刃が、その切っ先を上に向けて生えていたとしてもである。

蛇紅が、螺力によって、自分の刃を、落ちてくるホウボウの真下に出現させたのである。

それを、ホウボウがかわせなかったのだ。

頭上で、蛇紅は、刀身を一回転させた。

ホウボウが、声をあげて、そこに倒れ伏した。

刀身が、もとのように、蛇紅の刀にもどっていた。

蛇紅が、血刀を下げて、ホウボウに歩み寄った。

途中で止まる。

動かない。

ホウボウを見下ろして、唇に、優しい笑みを造った。

「近づくわけには、ゆきません。仕掛けてくるなら、そこから仕掛けてきなさい——」

蛇紅が言った。

その時——

「皇王さま、倒されましたか、その輩《おとこ》——」

塀の上から、声がかかった。

痴玄であった。

その瞬間——

地から、ホウボウの身体が、跳ねあがり、蛇紅に向かって、剣を疾《はし》らせた。

蛇紅の剣が一閃した。

ホウボウの首が、宙に跳んだ。

首の消えた、ホウボウの両肩の間から、血柱がふき出した。

そのまま、首を失くしたホウボウの身体は、剣を滅茶苦茶に振りまわしながら、蛇紅に斬りかかってきた。

「む!?」

蛇紅が、横へ動いて、その攻撃をかわした。

およそ、十秒――

ホウボウは蛇紅を捜して剣を振り続けた。

そして――

ふいに、ホウボウの身体が、どうと前に倒れた。

数度もがき、起きあがろうとし、そして、ホウボウの身体は、動かなくなった。

「おそるべき生命力――」

蛇紅は、視線を、ホウボウの首へ向けた。

首は、地面の上に立ち、凄い眼で蛇紅を睨んだ。

ホウボウの首が、きりきりと音をたてて歯を噛んだ。

「そうか。おぬし、蛟《みずち》のものか。なるほど、山から、蛟が下りてきて、あの男たちと手を組んだというわけですね」

蛇紅が言い終える前に、ホウボウの首は、歯軋《はぎし》りをやめていた。

四

武蔵と、イサキが疾《はし》る。

やや遅れて、左門が疾る。

その後方から、兵士と、片桐が追ってくる。

「ホウボウは?」

イサキが疾りながら言う。

「あの蛇紅が相手だ。あきらめろ」

後方から、左門が言った。

「畜生!」

言ったイサキの背に、ぶっつりと突き立つものがあった。

イサキが、前につんのめる。

「ぬう!?」

矢であった。
一本の矢が、イサキの背に突き立っていた。
後方の兵の誰かが、弓を使用したのだ。
武蔵は、イサキを両腕に抱えて立ちあがった。
剣をまだ握っている。
かっ、
かっ、
と、飛来してきた矢を、左門が剣を振って宙ではらいのける。
「走るぞ」
木が、まばらに生える、林の中だ。
時おり、大きな繁みがある。
その幹と繁みを、縫うように走った。
イサキの身体を抱いても、武蔵の速度は軽々としている。
しかし、追っ手との距離は縮まっている。
「あたしを置いて、逃げて！」
イサキが、武蔵の腕の中で叫ぶ。
「あたしは、蛟よ。蛟は、こんな傷くらいじゃ、くたばらないわ」

「うるさいことを言うと、本当に放り出しちまうぜ」

武蔵が言ったその時、斜め横手の方向から、低い機械音が響いた。

発動機の音だ。

その音が、近づいてくる。

丹力車のエンジン音であった。

その音が、急速に近づいてきた。

「武蔵、丹力車だぜ！」

左門が叫ぶ。

それは、屋根のない、オープンの、丹力車であった。

それが、斜めに、追ってくる兵士たちを追い越して近づいてくる。

武蔵と、左門の横に、その丹力車が並んだ。

顔を、マスクで隠したふたりの男が、運転席と、助手席に座っている。

「乗れっ!!」

と、助手席の男が叫んだ。

下のでこぼこのため、大きく車はローリングし、岩や、木を避けるため、その丹力車は大きくコースを変える。

しかし、また、すぐ、武蔵と左門の横に、その丹力車は並ぶ。

四脚駆動の丹力車らしい。

「乗れ！」

「助けてやる!!」

助手席の男と、運転席の男が、同時に叫んだ。

「ちいっ」

「むうっ」

武蔵と、左門は、声をあげた。

まず、左門が、丹力車に跳びつき、後部座席に立った。

半分、放り投げるようにして、武蔵が、左門にイサキを渡す。

次に、武蔵が、丹力車に跳びついた。

跳びついたその時には、もう、丹力車は武蔵が乗り込むのを待たずに、スピードをあげていた。

みるみるうちに、追っ手が、ひき離されてゆく。

最初に足を止めたのは、片桐であった。

「やめましょう。疲れるだけです」

そう言って、片桐は、遠ざかってゆく丹力車を見送った。

「あきらめたようだぜ」

武蔵が、後部座席に乗り込んで、言った。

言いながらイサキの背から、矢を引き抜いた。

「うっ」

と、小さくイサキが呻いた。

イサキが着ていたベストを武蔵は脱《ぬ》がせた。

イサキの、豊満な上半身が露わになった。

「何をするのさ」

イサキが、胸を押えて声をあげる。

「黙ってろ」

左門が、ウェストバッグの中から、チューブ入りの薬を取り出し、中のゼリー状の液体を指先にとり、それを、イサキの背の傷に塗りつけた。

「応急処置だ。後は、帰ってから、九兵衛にやってもらえ」

左門が言う。

「助かったぜ」

あらためて、武蔵が、前の座席の男たちに言う。

「礼はいらん」

と、運転席の男が言った。

「おまえたちが、あの蛇紅の敵なら、我々は味方どうしということになる」

助手席の男が言った。

ふたりが、ゆっくりと、マスクを取り去った。

助手席の男は、田島であった。

そして、車を運転しているのは、あの、グルカナイフの男、工藤であった。

第十五章　実験

一

暗い、部屋であった。
ほとんど闇に近い。
その中に、ぽつん、ぽつん、と、小さく灯りが点《とも》っている。
蛍の光のようであった。
むろん、それは、蛍の光ではない。何かの計器の灯りのようであった。
異臭に満ちた部屋であった。
雑多な化学薬品の臭いがその部屋にこもっているのである。
ひとりの、白衣を纏《まと》った男が、その部屋にいた。
白衣を着ているため、ぼうっとその姿が見えているが、着ていなければ、誰かがこの部屋に入ってきたとして、すぐには人がいるかどうかわかるまい。

闇の中に、深い溜息が響いた。

その男が、思わず吐き出したものらしい。

人の拳《こぶし》が、何かの機械を叩く音が、ひとつだけ響く。

そして、また、溜息――

闇の中に点っていた計器の灯りのひとつが、ふいに、動いた。

いや、動いたその灯りは、計器のものではなく、どうやら、その男の一方の眼であるらしかった。

その眼が、横に流れた。

誰かの気配に気づいて、そちらの方へ顔を振り向けたらしい。

「縁覚《えんがく》さま……」

と、人の声が響いた。

「痴玄《ちげん》か――」

歳老いた男の声が、闇にあがった。

その声は、しかし、人のもの、というよりは、機械で合成したような声であった。

何かのスイッチを入れる、小さな音が、闇の中に響いた。

灯りが点《つ》いた。

「これで見えるであろう……」

老いた声が言った。

「はい」

痴玄が答えた。

壁に、雑多な機械類が並んだ部屋であった。

部屋の中央に、大きなテーブルがあり、その上に、オウムガイの化石が、幾つか転がっている。

フラスコ。

ビーカー。

螺旋状にくねったガラスの管。

金属球。

植物の根。

動物の骨。

化石。

様々なものが、テーブルの上に置いてあった。

並んだビーカーや、フラスコの中には、色のついた液体が入っている。

部屋に満ちている化学薬品の臭いは、このテーブルの上から立ち昇っているものらしい。

その机の前に、ひとりの老人が立っていた。

ひと眼で、半機械人とわかる人間であった。

頭部の左半分が、むき出しの金属でできていた。

左眼が、青っぽいグリーン色を放っている。

機械の眼であった。

闇の中で、光って動いたのはこの眼の光であったのである。

頭部の右半分は、普通の、歳老いた老人のそれであった。

禿《は》げた頭部の右側の後方に、もうしわけ程度の白髪が、糸くずのようにからみあっている。

右眼は、皺と、眼やにの中に埋もれているようであった。

ドアが、開いていた。

その開いたドアの所に、和服を着た、ずんぐりとした男が立っていた。

細い小さな眼と、ぱっくり左右に割れた口がある。

ひしゃげた鼻。

不ぞろいの歯。

それが、痴玄であった。

「ありがとうございます。わたしは、縁覚さまのように、機械の眼を持っておりませんので、灯りがないと何も見えません」

痴玄は、静かにそう言った。

その痴玄を、風見《かざみ》縁覚は、冷ややかな顔で見つめていた。

「お久しぶりで……」

痴玄が、また、言った。

「おまえは、一年以上も前に破門にしたはずであったが」

「さようでございます」

「何しに来た?」

「縁覚さまのお顔を、拝見しに来たのでございます」

「なに!?」

「ご研究の方は、いかがでございますか?」

「同じだ」

「ほう……」

「生きた螺王が手に入らねば、どうしようもない」

「生きた螺王でなければ、月は止まりませんか――」

痴玄が、意味ありげに言った。

「止まらぬ」

縁覚が言うと、低い声で痴玄は笑った。

「わたしも、縁覚さまも、結局は同じものを求めておいでです」

「同じもの？」

「生きた螺王──」

「違うぞ、それは──」

「どこが違うのですか」

「わしが、螺王を捜すのは、この世の滅びを止めるためよ。螺王の力によって、この世に生じようとしている滅びを、同じ螺王の力によって止めるのだ……」

「──」

「ぬしは、螺王によって、この地上の王になろうとしている」

「はい」

「それは、あやまった道だ。地上の王になったとて、月が、地上に落下したのでは同じだ。支配する者も、される者も、共に滅ぶ──」

「しかし、縁覚さま、それはまだ、数百年も先のこと──」

「まだではない。たった数百年しかないのだ──」

縁覚が言った。

痴玄は、小さく笑ったようであった。

「おかしいか?」

「おかしうございます、縁覚さま——」

縁覚と痴玄は、顔を見つめあった。

「螺王が、埋もれているというのは、金沢でございましたな」

痴玄が言った。

「く……」

縁覚が、唇を噛んだ。

「おかしなものでございますなあ。もともと、この異変は、縁覚さまたちが始められた〝螺王プロジェクト〟が原因でございましょう。途中で抜けられたとはいえ、責任の一端は、縁覚さまにもございましょう。それを、今頃になって……」

「言うな――」

「九兵衛なぞは、進化を、己《おの》が手でコントロールしようとしているのですよ。それは、よいのですか？」

「九兵衛がやっているのは、狂った進化をもとの正しい方向に修整することぞ」

「笑止」

「なに!?」

「どのような進化が正常で、どのような進化が狂っているのか、それは誰にも決められますまいに……」

「しかし、ひとつだけわかっている。それは、人が、すでに、進化の特異点に入っているということだ。このままでは、おそらく、人は滅びることになる……」

「進化が、人に滅びを要求しているのなら、もう、誰にもそれは止められるものではございません」

「そうよ。それは、たしかにその通りであろう。ぬしは正しい、だが……」

「先生は、たいへんなロマンチストでいらっしゃいます……」

痴玄は言った。

「ぬしは、人体実験をしたそうだな」

ふいに、縁覚が言った。

「はい」

「人に、螺力を持たせようと？」

「はい。それがわかって、先生に破門されました」

「何しに来た？」

「ですから、わたしの研究の結果――つまり、人体実験の結果を、先生にお見せしようと思いまして――」

「なに!?」

「今日は、その、試作品を連れてまいりました──」

「なんと──」

「蛇紅、入るがいい」

痴玄が、後方に声をかけた。

ドアのところに、人影が動いて、そこに若い青年が立った。

髪の長い、肌の色の白い青年であった。

匂いたつような美しい表情と、肢体とを持った青年であった。

二

縁覚は、強い視線で、その青年を見つめていた。

青年は、涼しげな微笑を浮かべて縁覚を眺めている。

「その男は？」

縁覚が問うた。

「66号──つまり、六十六番目の試作品の蛇紅という男でございます」

痴玄が、薄笑いを浮かべながら言う。

「66号？」

「はい」

「つまり、その男の前に、すでに六十五人もの人間を――」

「手術いたしましたが、失敗いたしました」

「失敗？」

「死にましてございます」

「わしは、ひとりかと思うておった」

「縁覚さまに見つかったのが、ひとりということでございます」

痴玄が言った。

ゆっくりと、匂う風のように、その青年が部屋の中へ足を踏み入れてきた。

着ているのは、闇よりも黒いスーツである。

まるで、あでやかな花が、その匂いと共に風に運ばれるように、しずしずと、その青年は部屋の中に入ってくると、ゆっくりと部屋の内部を見回し、縁覚を見つめた。

「醜い……」

小さくつぶやいた。

「機械に、身体をかえてまで、この世に生きたいと思っているのですね」

眉をひそめた。

赤い唇から、小さな溜息がもれた。

「何をしに来た」

縁覚が言った。

「何か、目的があって、ここまで忍んできたのであろうが」

「その通りでございます」

痴玄が頭を下げた。

「用件を言え」

「申しあげます。実は、縁覚さま、あなたさまからうかがいたいことがございまして
――」

「何だ」

「〝螺王プロジェクト〟と呼ばれるものの全貌でございます」

「ぬ!?」

「さらには、壬生幻夜斎の正体」

「むむ――」

「もうひとつには、時おり、先生に会いに来るあの男、唐津新兵衛の正体」

言い終えて、痴玄は黙った。

風見縁覚を見た。

「言えぬな」

「言っていただきます」

「言えぬ」

「ほう……」

　痴玄が、さらに眼を細めた。

「ならば、腕ずくでも、ということになりますが――」

「腕ずく？」

「この蛇紅が、先生の口を割らせることになります」

　痴玄が言った瞬間、テーブルの上のビーカーのひとつが、すっと、宙に浮きあがっていた。

　緑色の液体の入ったビーカーであった。

「これは？」

　縁覚が、そのビーカーを見つめた。

　すぐに、その眼が、蛇紅に移動する。

　蛇紅は、赤い唇に、微かに笑みを浮かべて、宙に浮いたビーカーを、楽しそうに、眼を光らせて眺めていた。

「螺力か!?」

　縁覚が言った瞬間に、音をたてて、ビーカーが割れ、中の液体が散った。

刺激臭が、鼻を刺した。

「なかなかのものでございましょう」

く、
く、
と、痴玄が笑った。

「ぬうっ！」

縁覚が、テーブルの上の、オウムガイの化石を拾いあげ、それを、蛇紅めがけて投げつけた。

蛇紅は動かなかった。

その化石は、蛇紅の顔面を通り抜け、蛇紅の後方の壁に音をたててぶつかった。

その一瞬、蛇紅の姿が、ぼけたように見えた。

しかし、蛇紅は、涼しい顔をして、そこに立っているばかりであった。

縁覚の左眼の奥で、
みしっ、
と、小さな音がした。

縁覚の左眼の奥に光っていた光が消えていた。

縁覚が、右手で眼を押えた。

「み、見えぬ――」

よろけながら、縁覚の左手が、テーブルの上を横に払った。

無数のビーカーやフラスコが、音をたてて床に落ち、割れ、中の液体をこぼした。

く、
く、
く、

という、痴玄の笑い声が大きくなる。

「痴玄、おまえ――」

縁覚は言った。

しかし、その声は、高くなった痴玄の笑い声に、半分消されていた。

第十六章　邪皇《じゃこう》

一

何もかもが、黄金色を放つ部屋であった。

造りは、和室風であるが、床の間も、畳も、柱も、天井も、座蒲団までもが黄金でできている。

灯《あか》りは、人工の照明ではない。

灯明皿《とうみょうざら》に点《とも》っている炎である。

その灯明皿も、黄金である。

炎の色さえも、黄金色に見える。その炎が周囲の金に映って、その部屋全体が、黄金色の光に満たされているようである。

炎の色が、その黄金の色に、ひときわ深みを与えていた。

黄金の座蒲団に、漆黒の和服を着た蛇紅《じゃこう》が座している。

癖のない黒い髪が、その服の肩まで垂れていた。

その黒の上にも、黄金の色がまとわりついているように見える。

蛇紅――皇王の白い肌にも、炎の色は映っている。

唇の赤だけが、血のようであった。

床の間を背にして座した蛇紅のふたつの瞳の表面にも、黄金の炎が映っている。

その前に座しているのが、痴玄《ちげん》であった。

「沙霧《さぎり》は？」

蛇紅の赤い唇が動いて、その言葉を黄金色の大気の中に吐き出した。

「すでに、矢坂天心《やさかてんしん》の元に向かっている頃かと――」

痴玄が言った。

心地よい音楽を耳にしたように、蛇紅の唇に微笑が浮いた。

「動きますか。板垣《いたがき》は？」

「おそらく」

「こちらの準備はどうですか？」

「川端道成《かわばたみちなり》が、ぬかりなく――」

「板垣が狙うのは、矢坂天心、そして、この蛇紅。しかし、闘うのは、川端と板垣――」

「この機会に、板垣をひと息に倒しておけば、この金沢は、蛇紅さまのものでございます」

「よいですか、くれぐれも、板垣が動いてから動くようにと、川端には言っておくのですよ」

「その点はぬかりありません」

「動くついでに、板垣が天心を殺せば、まさに、それはこちらの望むところです」

「はい」

「このような城なぞ、いつでも手に入れることはできますが、民を手に入れるのは、なかなか、城を盗《と》るようにはいきません――」

「板垣が、動けば、大義はこちらにあります。しかし、問題は、壬生幻夜斎《みぶげんやさい》――というより、幻夜斎が遣わした九魔羅《くまら》――」

「その九魔羅は？」

「片桐《かたぎり》が、じきに、ここへ連《つ》れてくるかと――」

「あの男が、板垣に従くと厄介《やっかい》だったのですが、しかし、今のところは、どちらともつきませんね――」

「『秘聞帖』を、誰が持っているのかわからぬうちは、あの男も、うかつには動けぬでしょう」

「必要となれば、九魔羅の始末は、わたしがやりましょう」

「片桐の話では、なかなか手強《てごわ》そうな相手のようですが――」

「螺王の方は？」

「いつでも」

「なれば、いざとなったら、螺王を使いましょう。そうすれば、九魔羅といえども――いえ、たとえ壬生幻夜斎が相手であっても、どうとでもなります」

「九魔羅とは、初めて？」

「楽しみです。どのような男か」

「それよりも、武蔵《むさし》と、九兵衛《きゅうべえ》、そして、武田《たけだ》の間者《かんじゃ》の方が、少し気になります。蛟《みずち》の連中が、彼らについたとなると、厄介なことになるかもしれません」

「今日か明日にでも、金沢を手に入れてから、彼らの方はゆるりと料理できます」

「はい」

「丹術士の九兵衛と言えば、おまえと同じ、風見縁覚《かざみえんがく》の弟子――」

「かつての我が同僚にてござります」

「九兵衛にとっては、ぬしは、師の仇《かたき》――」

「わたしではありません。我々でござります」

「九兵衛が、この金沢に来た目的は……？」

「我々と、そして、螺王かと」

痴玄の言葉に、声に出さずに、蛇紅が微笑した。

「しかし、痴玄」

「は」

「おまえは、まさか、わたしに対して、何か含むものはないのでしょうね」

「もちろんでございます」

「わたしを造ったのは、おまえですよ、痴玄。しかし、今、おまえはわたしに支配されている」

「支配するの、されるのというのとは、少し違いましょう」

「では何と――」

「わたくしは、自らの意志で、皇王さまにお仕え申しあげているのでございます。支配されているからというわけではございませぬでな――」

「ほう……」

「蛇紅さまは、わが身内にてござりまするよ。言うなれば、わが息子――」

「――」

「わたくしが、蛇紅さまを見つけ申しあげ、今のようにいたしました。蛇紅さま以前に、すでに、六十五人の人間が、このために死んでおります。お怒りにならぬよう願いまするが、蛇紅さまは、わたくしの最高の作品にて、ござりまするよ」

　痴玄の口調が、やや変化した。

　眼が、いつになく真剣に、蛇紅を見ている。

「作品か——わたしが」

「わたくしは、わが生涯のこの傑作が、最高の場所に飾られるのを見とうございます。その欲望に、わたくしは、お仕え申しあげているのでございます」

「最高の場所とは、つまり——」

「この世の王座——」

　はっきりと、痴玄は言った。

「王座か……」

「それは、可能でござります。わたくしと、蛇紅さま、そして、螺王とがあれば……」

　痴玄がそこまで言った時、黄金の襖《ふすま》の向こうに、人の近づいてくる気配があった。

　気配は、ひとつである。

　その気配が、襖の向こうで止まった。

「九魔羅さま、おいでてございます」

　片桐の声がした。

「入りなさい」

蛇紅が言った。

ゆっくりと、襖が開いた。

気配はひとつであったのに、そこに、ふたりの人間がいた。

ひとりは、そこに膝を突いた片桐である。

ひとりは、九魔羅であった。

九魔羅は、傲然《ごうぜん》として顔を上げ、蛇紅を見ていた。

「蛇紅などと名乗るは、どのような男かと思うていた。優男《やさおとこ》という噂であったが、どうしてどうして、喰えぬわ喰えぬわ……」

襖の向こうに立ったまま言った。

「何のことかな」

すでに、蛇紅の横に座した痴玄が問うた。

「この部屋……」

と、九魔羅は周囲を見回して、

「……螺力を封ずるように、造られておるではないか。襖、天井、床、どれにも皆、螺力が部屋の外に出る時には、それが拡散してしまうようになっておる」

「確かに、いつでも、スイッチひとつで、そのようになりますな。螺人を閉じ込めるには、ちょうどよい部屋でございます」

痴玄が言った。

「入られよ。九魔羅どの。この部屋の中なれば、螺力を使うにさしつかえはありませぬ。入るのが恐ろしければ、そこに立ったままでもかまいませぬがね」

蛇紅が言った。

呵《か》、
呵、
と笑って、平然と、九魔羅は、その部屋の中に入ってきた。

「さて、彌勒堂の皇王が、このおれに、何の話がある？」

「何も――」

と、蛇紅が言った。

「ほう……」

「壬生幻夜斎はどこにいるかと、そんなことを訊くと思われましたか」

「ふふん」

「今しばらく、九魔羅どのには、ここにいていただきたく、ただそれだけのことでございます」

と、痴玄は言った。

「何故だ？」

「じきに、この城は、我らのものとなります。しかし、それは、あなたさまが、向こうにつかなければということですが――」

「向こう？」

「板垣弁九郎《べんくろう》一派――」

「よいわ。ぬしらの事情など、おれには関係がない」

「はい」

「おれが用事があるのは――」

「天台の『秘聞帖』――」

「その通り」

まだ、九魔羅は部屋の中央に立ったままだ。

腕を組んで、蛇紅を見下ろしている。

「では、しばらく、その『秘聞帖』の話でもいたしましょうか」

と、蛇紅が静かに言った。

「おう……!?」

「どこまで、『秘聞帖』についてはご存知でしょうか？」

「もともとは、高野山の空海《くうかい》が書き記したもの。それを、最澄《さいちょう》の弟子の泰範《たいはん》が書き写して天台へ渡した……叡山《えいざん》に、そうやって渡ってきたそれが、天台の『秘聞帖』よ――」

「それが、元亀《げんき》二年九月、吉法師《きちほうし》が叡山を襲うた時に、何者かによって、持ち去られた……」

「うむ」

「その天台の『秘聞帖』を、いずこかでさらに書き写したのが……」

「伊賀《いが》の半蔵《はんぞう》――」

「ええ、服部《はっとり》半蔵です」

蛇紅が言った。

「それが、この金沢にあるというではないか――」

「あなたが、すでにごらんになった通りですよ」

「ぬかせや。あれだけのものであれば、何度も見たわ。我らが本当に欲しいのは、『秘聞帖』のうち、〝螺王対話〟――俗には、〝螺王問答集〟と呼ばれる部分よ」

「何でしょうか、それは――」

「とぼけるな。この世で、ただ独りのみ、大螺王と対話をした男の話よ」

「ほう……」

「空海よ。そこには、空海が、大螺王とかわした対話の内容と、その大螺王がどこにあるかが記されているはずだ」

「そうです。そして、大螺王とコンタクトを取る方法もね」

「そして、大螺王の力を利用する方法についてもだ」

九魔羅は、そう言い捨てて、初めて、そこに胡坐《あぐら》をかいて座した。

「なあ、蛇紅よ。こんな金沢など、ぬしにくれてやる。必要なら、ぬしが金沢を手に入れるのを助けてやってもよい」

「ほう……!?」

「かわりに、『秘聞帖』の全文を、おれにもらおうか」

「全文!?」

「あるならばだ。どこだ。ぬしが持っておるか。それとも、板垣か。それとも、天心が持っているか」

「さて――」

「持っていても、どうせ、ぬしらには読めぬ」

「何故でしょうか」

「おいおい、とぼけるな。天台の『秘聞帖』、〝螺王対話〟の部分のみ、胡《こ》の言葉で書かれているというのを、知らんとは言わさねえぜ――」

胡――つまり、空海入唐時《にっとうじ》の長安においては、西域、というほどの意味である。

長安の西――吐魯蕃《トルファン》や、波斯《ペルシア》や、トルコは、皆、胡である。

九魔羅は、その胡の言葉で、『秘聞帖』の〝螺王対話〟の部分が書かれているというのである。

「しかし、何故、『秘聞帖』が、この金沢に——」

「おやおや、何もかもご存知というわけではないのですね」

「知っているのか？」

「初代矢坂家の頭首《とうしゅ》、矢坂重明、もともとは、六連《むづら》一族の六連財団に雇われていた、私兵のひとり——」

「ほほう!?」

「ささやかな螺力を持っている連中を、六連財団が集めていたのは、知っているでしょう？」

「火竜塾《サラマンダー》の生き残りか」

「はい」

「異変のおり、六連の連中が、『秘聞帖』の完全本を持っていたかどうかということは、未だに謎——」

「そのようですね」

「あるのか、ここに？」

「矢坂天心に直接訊いてみますか？」

「そうしよう」

九魔羅が、ふいに立ちあがった。

「お待ちなさい」

蛇紅が言った。

「邪魔をするか、蛇紅!?」

「どうしても、ゆくというのであればね」

その時には、九魔羅の後方に立っていた、よれよれのスーツ姿の片桐も、カバンを手にして立ちあがっている。

「おれと、螺力を競《きそ》うてみるかよ、蛇紅……」

ぼそりと、九魔羅が言い放った時、

「む……」

その九魔羅の表情が、変化をした。

九魔羅だけではない。

蛇紅、痴玄、片桐の表情までが、変化をした。

片桐の左横手――廊下の奥が、俄《にわか》に騒がしくなったのだ。

金属と金属が打ち合わされる音。

人の声――

「どうしました?」

まだ座したままの蛇紅が問うた時、片桐の横へ、血刀を握った彌勒堂の兵――優男《やさお》が、走り寄ってきた。

「板垣派の連中が……」

「騒がぬように。板垣派が、今日、決起するというのは、始めから承知のこと――」

「いえ、板垣の連中だけではないのです。蛟一族が、大量に……」

「なに!?」

そこへ、溢れるように、黄金の部屋から見える廊下に人の姿が増えた。

激しく打ち合わされる金属音。

人の悲鳴。

「蛟が、どうして?」

と、痴玄。

「地下を通って。それを、板垣が城内に――」

「そういうことですか」

蛇紅が、ゆっくり立ちあがった時、押されるように、彌勒堂の男たちが、その黄金の部屋に転がり込んだ。

襖が、大きく内側に倒れた。

襖が破れ、その中に通っていた線《コード》の束が覗いた。

「蛇紅、いたかっ！」

倒れた襖の向こうから、声がした。

カマスが、そこに立っていた。

「蛟《みずち》かっ」

「我ら蛟一族、全員が山を降り、矢坂とぬしとに、最後の戦《いくさ》を挑《いど》みに来たわ」

そのカマスの視線が、九魔羅に止まった。

横手から斬りかかって来る彌勒堂の兵士の胴を、カマスは、右手に握っていた剣を横に振って、上下に両断した。

しかし、カマスの視線だけは、九魔羅の顔から動かない。

その部屋に、たちまち、血臭《けっしゅう》が充満してゆく。

「おまえ、九魔羅だな!?」

カマスが言った。

「おれが殺した、蛟の仲間か」

「ちょうどいい所で会った。おまえらふたりに、ここで会えたとは嬉しいぜ」

悦《よろこ》びのためか、カマスの声が震えた。

カマスが、両手で剣を握った。

その時、さらに人が溢れ、闘いになっていた。

刃と刃がぶつかって火花が跳ねる。

自由に動けない。

近い敵を、互いに刃先で突く。

その中に、山刀を使う、工藤《くどう》の姿も見える。

乱戦になった。

「蛇紅さま、九魔羅の姿が、消えました」

痴玄が言った。

「わかっています」

蛇紅が、剣で、板垣派の武士の首を刎《は》ねながら言った。

その時、すでに、いつの間にか、九魔羅と、そしてカマスの姿が消えていた。

「地下へ——」

痴玄が言った。

「螺王を動かしましょう」

二

腐臭と、螺旋とに満ちた部屋であった。

どこにも窓がない。

上下、左右——四方のどの方向を見ても、天井、床、あるいは壁が視界を塞《ふさ》いでいる。

部屋の空気が動かない。

そこに、吐き気を催すような腐臭が満ちている。

その部屋の表面と空間が、螺旋で満たされているのである。

黒光りする木の床は、螺旋模様が浮き彫りにされている。

壁も、天井も同様であった。

それればかりではない、調度品から、家具の類いに至るまでが、螺旋の型と模様とで埋め尽くされているのである。

天井から、灯りが下がっている。

その灯りの笠は、オウムガイの殻でできていた。電球までもが、オウムガイの螺旋をかたどったものであった。

そういう灯りが、四つ、天井から下がっている。その灯りのひとつずつが、それぞれに違う速度で、ゆっくりと回転している。

異様な部屋であった。

部屋の中央に、四畳分の畳が敷かれており、その四隅の床の上に、やはり、オウムガイの殻が置かれているのである。

その四畳分の畳の上に敷かれている蒲団の表面にも、螺旋の模様が描かれていた。

その夥《おびただ》しい数の螺旋が、それぞれ、でたらめに別の方向を向いている。

そして、ほとんどの螺旋が、オウムガイの対数螺旋から、わずかに歪《ゆが》んだ形状をしていた。始めは、対数螺旋として始まったものが、その途中から、アンモナイトの螺旋に変化し、あるいは、さらに開いた螺旋になったりしている。

これは、明らかに、螺力を分散させるためのシステムであった。

そこの蒲団の上で、奇怪なものが動いていた。

人であった。

その人の姿が、薄暗い灯りの中に、重さのある闇のようにわだかまっているのである。

裸であるのか、ものを纏《まと》っているのか、わからない。

指先や、顎《あご》の先から垂れ下がっているのは、皮膚《したた》であるのか、肉であるのか。

その垂れ下がったものの先端から、黒い汁が、滴り落ちる。

腐った血と、膿《うみ》の臭い。

そして、さらに、薬品の臭い。

糞、小便の臭いまで混じっている。

おげげ……

おぶぶ……

蝦蟇《がま》に似た声が響く。

その、身体中の肉がとろけたような人間の唇から、その声が洩れるのだ。

矢坂天心――

この金沢城の、五代目の頭首であった。

全身の肉が、黒く腐り、腐臭を放ち、肉が、半分とろけかけていた。

肋《あばら》の骨は、何本かが見えており、唇の肉が、半分近く消失し、そこに、黄色い歯が見えている。

げぶぶぶ……

天心の口から、膿混じりの、黒い、どろどろしたものがこぼれ出る。

瞼《まぶた》が溶けて、むき出しになった眼球が、その部屋の一点を見つめていた。

その部屋の隅に、白い、女の裸身がうずくまっていた。

女の瞳には、恐怖と、怯《おび》えの色が浮かんでいる。

板垣弁九郎の娘、沙霧《さぎり》であった。

「こっちへ、来《こ》よ……」

天心が、宙に持ち上げた手を、ひらひらさせて、沙霧に向かって言った。

しかし、沙霧は動かない。

天心が、蒲団の上に、四つん這いになった。

「来よ……」

そう言った。

しかし、沙霧は動かない。

「ぬしの血、蛇紅の話では、特殊だと聴いておる。黄体ホルモンが、血液中に常人の五倍含まれておるそうな。それがわが病いに効く……」

ゆっくりと、天心が、蒲団の上から、床の上へ這い出てきた。

「ぬしの血を、吸わせてくれい」

天心が、つぶやいた。

おべべべえっ

床の上に、大量に、どろどろとしたものを吐き出した。
と——

ふいに、天心の身体が、巨大な蜘蛛《くも》に似た速度で動いた。
沙霧が、逃げる間もなかった。
天心の右手が伸び、沙霧の左腕を握った。
沙霧が、声をあげて腕を振ると、ぬるり、と、天心の手がはずれた。
逃げようとする沙霧の乳房を、天心の手が摑《つか》む。
それも滑る。
力を入れると、指の肉が溶けて、指先が滑るのである。
沙霧の乳房や、肌の上に、天心の指先が動いた、いやな跡が残った。
沙霧は、声も出ない。
腰と、肘《ひじ》とで、後方に退《さ》がりながら逃げる。
肉付きの豊かな、髪の長い女であった。
沙霧の背が、壁にぶつかった。
沙霧が動きを止めた。
それを見た天心が、頬の肉を引きつらせた。
おそらくは、微笑したのであろうが、そこまではわからない。
天心の股間のものだけが、硬く尖って天を向いている。
「わ、わしのこれを咥《くわ》えよ。嚙め……」

言いながら、天心が近づいてゆく。

その言葉も、ほとんど聴きとれぬほど、不鮮明になっている。

「い、いやあっ！」

沙霧が、ようやく悲鳴をあげたその時、横手の壁が、横へスライドした。

「間にあったようだなあ」

野太い声が響いた。

そこに、武蔵の巨体が立っていた。

その横に、左門。

後方に、板垣平四郎、九兵衛、シラメが立っていた。

田島《たじま》と、板垣弁九郎の姿もある。

「沙霧！」

板垣平四郎が、疾り、沙霧の裸身を抱えた。

天心は、動かない。

今度は、天心が、後方に退がってゆく番であった。

床に、天心が這った跡が残る。

「川端道成は、死んだぜ」

武蔵が言った。

「矢坂家の滅びの時が、ようやっと来たのう……」

シラメが、前に出てつぶやいた。

「シ、シラメか——」

天心が言った。

「久しぶりよのう。矢坂家の滅びが見とうて、ここまで生き永らえてきたその甲斐《かい》があったわ……」

「み、蛟《みずち》の下司《げす》めが……」

天心がつぶやいた。

「じゃ、蛇紅は？」

「知らぬな。先ほど、姿を消したとの話を耳にしたが——」

シラメが言った。

その時——

ふいに、天心の姿が消失していた。

それまで、天心がいたはずの床の一部が消失して、そこに、黒い四角い穴が口をあけていた。

「ぬうっ！」

平四郎が走り、穴の中へ身を躍らせようとするのを、先に駆けつけた武蔵が制した。

「見よ」

武蔵が、穴の中を指差した。

二メートルほど下で、穴は塞がっており、その床から、わざわざ黒く色を塗った刃が、五本、その切っ先を上に向けて立っていた。

「天心は、どこへ?」

飛び降りていれば、その刃に刺されて生命はない。

武蔵が訊いた。

「下だ」

と、シラメが言った。

三

狭い、暗い部屋であった。

その部屋の、一方に、扉がある。

その扉が、ゆっくり、向こうから押し開けられ、入って来るものがあった。

腐臭――

粘っこい音。

それは、這っていた。

まるで、人間と同じ大きさをした黒い蛞蝓《なめくじ》であった。

矢坂天心――

「えべべべ……」

天心は、床を舐めるようにして、這っている。

ようやく、一方の壁にたどりつき、壁に手をつき、壁を這うようにして、身体を起こした。

凄い力がこもっているのがわかる。

壁に、タールのような、天心の手の跡が付く。

何かのスイッチを天心が押した。

壁の一部が横に動き、そこに、黒いトンネルの入口が口をあけた。

そこへ、這い込もうとする天心に、

「待ちな……」

と、声がかかった。

天心が、のろりと、顔をねじ向けてそちらを向く。

九魔羅が、壁に背をあずけ、腕を組んで天心を眺めていた。

「な、なに、もの……」

「おまえが会いたがっていた、壬生幻夜斎の四天王のひとり、持国天《じこくてん》の九魔羅という者だよ」

「な、なんと――」

「天心、あんた、その有様《ありさま》は、やられたな」

「やられたと？」

「ああ。螺力で、脳下垂体をいじくられやがったな――」

「ら、螺力とは？」

「ついでに、遺伝子レベルまで、細工されなきゃ、そんな風にはならねえよ。蛇紅にやられたな」

「蛇紅に？」

「多少の螺力が使えるんなら、おれの言う意味がわかろう」

「た、助けてくれ。こ、このわしを、助けてくれ――」

「無駄だな。そこまで行っちまったんじゃあ、もう、誰にも助けられぬ」

「死にとうない」

「ところで、聴きたいことがある。それを教えてくれたら、いい方法を教えてやるぜ」

「な、何をだ。何でも答える。言うてくれ」

「天台の『秘聞帖』、〝螺王問答集〟はどこにある？」

「――――」

　天心は、口をつぐんだ。

「どこだ」

「な――」

と、天心は言い、ごべごべと喉を鳴らしてから、

「な、ない」

　そう言った。

「こ、この金沢には始めから無いのじゃ。わしが手に入れたのは、始めから、板垣に持たせた、あの分のみ――」

「それで、わが師、幻夜斎を釣ろうとしたかよ」

　九魔羅の頬に、ひきつれたような笑みが浮いた。

「言った。わしは言ったぞ。正直に言うた。わしの助かる方法を教えてくれ」

「生きた螺王を捜し出し、その螺王と同化することだな。二百年ほどのうちには、螺王が気まぐれで、肉を再生してくれるだろうよ。試してみな――」

「そ、そうか！」

　天心が、這いながら、開いた穴の中に、這い込んでゆく。

「ま、待て」

九魔羅が言った。

「まさか、生きた螺王が、この金沢城の地下に――」

そう言った九魔羅の背に、

「待ちな、九魔羅――」

天心が入ってきた扉の向こうから、声がかかった。

九魔羅が振り向いた。

扉が開いて、悠然と、カマスが入ってきた。

カマスが言った。

「天心を追うんなら、おれの相手をしてからだぜ」

「蛟一族というのには、悪い癖があるようだな」

「どんな癖だい？」

「肉体の不死身性を過信するあまり、生命を大事にする考えが希薄になっている」

「ふふん」

カマスは笑って、背の剣を引き抜いていた。

九魔羅の眼が、すっと細められた。

しかし、カマスは平然として、九魔羅に向かって襲いかかった。

「むう」

軽い驚きの声をあげて、九魔羅が、カマスの剣をかわした。

「きさま、心臓が——」

「悪かったたな。おれは、心臓が普通じゃねえんだよ」

カマスは、にいっ、と唇を吊りあげて嗤《わら》った。

四

その部屋に、武蔵と、左門と、そして九兵衛がたどりついた時、床は、血の海になっていた。

壁や天井に、凄まじいばかりの刀傷と、血の飛び散った跡がある。

その部屋の中央に、ひとりの男が、仰向けに倒れていた。

カマスであった。

「カマス！」

武蔵が、カマスを抱き起こした。

カマスは、まだ生きていた。

しかし、首の半分が、深く刃物でえぐられており、全身に傷を負っていた。

「武蔵……」

カマスがつぶやいた。

そこへ、遅れて、平四郎と、そしてシラメがやってきた。

「へっ、あの馬鹿、おれにとどめを刺すのを忘れていきやがった」

「馬鹿とは、誰のことだ?」

シラメが問うた。

「九魔羅だよ。あの馬鹿も、矢坂天心も、あの中だ」

と、カマスは、暗い洞窟の入口を眼で示した。

「たぶん、あの蛇紅もな……」

「なに!」

慌てて、そこへ入り込もうとする平四郎を武蔵が制した。

「おれと、左門でゆく。おまえたちは、カマスを頼む」

「おれは、大丈夫さ……」

カマスが言った。

首の切り口の奥に、金属の色が見えた。

「カマス、おまえ……」

武蔵がつぶやく。

「……おれの身体の三分の一は、機械人さ。やつの度胆《どぎも》を抜いてはやったんだが、倒すことはできなかった……」

カマスの視線が動き、それが、途中で止まった。

いつ来たのか、イサキがそこに立って、カマスを見下ろしていた。

カマスは、イサキを見ていた。

「イサキ、てめえ、怪我をしているというのに、のこのこ城まで来やがったか――」

武蔵が、カマスからゆっくり手を放してゆくと、かわりに、イサキが、しゃがんでカマスの身体を抱えた。

「左門、行くぞ」

武蔵が、立ちあがって言った。

「おう」

と、左門が答えた。

「待て、わしもゆこう」

九兵衛が言った。

「痴玄の仕事、この眼で確認したいのでな」

来るなとは、武蔵も、左門も言わなかった。

立ちあがりかけたイサキの腕を、カマスの手が捕えた。

「行かせねえぜ、イサキ、おめえは、ここでおれの面倒を見るんだ。そうじゃねえと、おれは死んじまうぜ……」

武蔵が、ゆっくりと、その暗い洞窟の中に足を踏み入れた。

「行ってくるぜ」

左門が続き、その後に九兵衛が続いた。

すぐに、三人の姿が見えなくなった。

第十七章　螺王《らおう》

一

闇の中に、湿った土の臭いが充満している。

歳経《としへ》た土の臭いだった。

巨大な、土と岩の空洞がそこにあった。

洞窟、というより、それは亀裂であった。

上から始まったその亀裂が、途中から左右に広がり、そこに広大な空間を造っているのである。小さなビルであれば、その空間を利用して充分に建てることは可能である。

単に、その空間の容積だけの計算なら、同じビルが二十は建つだろう。

その亀裂の底——その亀裂の奥に、黒い、巨大な塊りがわだかまっていた。

それは、全体のおよそ、半分近くを、亀裂の底の岩盤の中に埋めていた。

岩盤から顔を出している部分だけでも、たっぷり家二軒ほどの大きさがある。

亀裂の岩壁に、点々と灯りが点《とも》されている。

その暗い灯りに照らされて、下の、黒々とした塊りがぼんやりと見えている。

それは、巨大な螺旋であった。

暗黒の、対数螺旋。

金沢城の地下、二〇〇メートル。

その地の底に、蛇紅と、痴玄が立っている。

ふたりは、その、黒い螺旋の塊り——螺王を見つめていた。

「ようやく、この金沢も、わたしのものになりそうです」

螺王を見つめながら、蛇紅が言った。

「十二年……」

痴玄がつぶやいた。

「風見縁覚を殺したあの時から数えれば、十四年ということです。蛟族《みずち》や、板垣の一派という抵抗はありましたが、やっと、この金沢と、この螺王を手に入れることができそうです」

蛇紅の囁く声には、歌うような響きがあった。

「こうして眺めていると、この螺王が死んでいるとは思えなくなりますね」

優しい声で、蛇紅が言った。

「皇王さま、死という言葉を使いましたが、厳密には、螺王という存在に死があるのかどうか、はっきりとはわかっておりません」

痴玄が、蛇紅に言った。

「わかっています」

蛇紅が着ているのは、黄金色の着物であった。

半袴《はんばかま》をはき、小袖《こそで》を着、肩衣《かたぎぬ》をつけているのだが、その半袴も、小袖も、肩衣も、全て黄金色をしているのである。

腰に差した剣の鞘《さや》も黄金である。

それが、暗い灯りを受けて、鈍く輝いている。

「少なくとも、今、この螺王は生命体という意味での活動をしておりません。三次元的には、完全な停止状態にあるといってよいと思われます」

「先日の実験のおりには、違う反応が得られたはずでしたね」

「はい。あの実験の最中だけ、この螺王は、時間軸に沿って、未来と過去へ、それぞれ○・○○○○○○○○二秒だけ、その存在の幅を広げていました――」

「つまり、○・○○○○○○○○四秒ということですね」

「螺力によって、時間を移動できるのと同じだけの幅です」

「しかし、それだけでは、まだ、この螺王が生きたということにはならないのでしょう」

「はい」

「この螺王に、因果を喰《た》べさせることは可能ですか？」

「因果を、ですか――」

「螺王は、因果を喰べるのでしょう？」

「そう言われていますが、螺王がどうやってその因果を喰べているのか、そのシステムすら仮説の状態ですから――」

「〇・〇〇〇〇〇〇〇〇二秒未来まで螺王が存在するその幅を利用して、螺王に、因果を喰わせることは可能なのではないですか」

「しかし、〇・〇〇〇〇〇〇〇〇二秒の間に生ずる因果の差などは、想像もできないくらい微量なものでしょう。〇・〇〇〇〇〇〇〇〇二秒後のある特定の素粒子の位置を測定し、その位置を現在において変えてやれば、その素粒子ひとつ分の因果の差がエネルギーとなって、時間軸に沿ってそれが放出されるでしょうが、それではどうにもなりません」

「ひとつ、今、思いつきましたよ。ことによったら、世界中の螺王を、この日本に集めることも可能かもしれません」

「なんですと？」

「魚を釣るのにする、撒《ま》き餌《え》というのを知っていますか。魚を釣るために、魚を一カ所に集めるために、その撒き餌をするのですが、ことによったら、螺王も、その撒き餌によって呼びよせることができるかもしれません――」

「どうするのですか？」

「螺王の食糧――この日本列島の因果を、変え続けてやればいいのです。そうすれば、自然に集まって来るでしょうよ。もっとも、それには、二億年くらいはかかるかもしれませんがね」

蛇紅は、ゆっくりと足を踏み出して、螺王のすぐ手前で足を止めた。

白い指先で、螺王に触れた。

「ぞくぞくしてきますよ。痴玄……」

蛇紅が、声を小さくして、囁く。

「こんな地中にあって、螺王は、星の世界を見ているのです。地の底で、螺王は、哲学者のように宇宙と対話し続けているのでしょう……」

「この螺王を、なんとか、その螺力の一部のみであるなら、蘇らせることも可能です。蘇った螺王の螺力と接触し、人の意志で、それを己れの力としてコントロールすることも可能でしょう――」

「今、それができますか？」

「蛇紅さまのお望みとあらば。この螺王の力、すでに蛇紅さまと同調するようにセットされておりますれば……」

そう言った痴玄を、蛇紅がふり返った。

その蛇紅の表情が、小さく曇った。

蛇紅が、微かに眉をひそめているのである。

「どうなされました？」

痴玄が訊いた。

「誰か、この地下にいます」

蛇紅がつぶやいた。

「まさか――」

「います……」

蛇紅が、視線を、ゆっくりと闇の中に放った。

「確かにいるよ」

男の声が響いた。

洞窟の奥だ。

人影が、闇の中で動いた。

「誰だ!?」

痴玄が言った。

「おれだよ」

ゆっくりと、螺王の陰から、人影が姿を現わした。

ひきしまった身体をした男であった。

素肌に、革のベストを着、ブーツを履いていた。

鋭い眼が、蛇紅を見ていた。

「九魔羅……」

痴玄が言った。

「驚かしちまったようだな」

その男、九魔羅が言った。

背に、剣を負っている。

九魔羅が立ち止まった。

九魔羅と蛇紅が、向かい合った。

「やはり、あの蛟の連中では、あなたを倒せませんでしたか」

蛇紅が言うと、九魔羅が、にっと笑った。

「そういうことだな」

「どうやってここへ？」

蛇紅の言葉に、また、九魔羅は微笑した。

「螺力を持っている人間に入られたくなかったら、あんな連中ではなく、螺力を使える人間に、入口を見はらせることだな」

「なるほど——」

「天心め、『秘聞帖』の完全本がないことを、白状しおったわ——」

「天心どのは？」

「ここへ来る途中、倒れて虫の息よ……」

「ふふん」

「しかし……」

と、九魔羅は軽く足を前に踏み出し、

「こいつには、おれも驚いたよ」

九魔羅は、横手の螺王に視線を放った。

「本物の螺王、初めて眼にする……」

九魔羅は、そうつぶやいてから、視線を蛇紅にもどした。

「どうですか？」

蛇紅が言った。

「凄いものだ。こいつを生き返らせる話、おれにも興味がある」

「では、いかがですか」

「いかがとは？」

「片桐という男からも先日話がいっているはずですが——」

「ああ」

「わたしと、手を組みませんか」

「手を？」

「はい」

「自分の城主を裏切るような人間と、おれがどうして手を組まなきゃならねえんだ」

「裏切る？」

「そうさ。矢坂天心の病気だがな、あれは、間違いなく、螺力によるものだったぜ」

「ほう……」

「遺伝子に、螺力でほんのわずかに力を加えて、さらに、脳下垂体と細胞のあちこちを螺力でいじってやると、人の身体なぞはひとたまりもない——」

「よくご存知ですね」

「まだ、おれの質問に答えてねえぜ」

九魔羅が言った。

「質問？」

「なんで、おれとあんたとが手を組まなきゃならねえのかってことさ」

「天下を盗《と》るためです」

「天下？」

「そうです。天下を盗るためには、いずれ、どこかで壬生幻夜斎と必ず対決することになるからですよ」

「何故？」

「壬生幻夜斎も、狙っているのは天下でしょう。同じものを、ふたりの人間が欲しがった場合、いずれ、そのふたりはぶつかり合うことになるからです」

「笑止《しょうし》……」

九魔羅が笑った。

「何がおかしいのですか？」

「壬生幻夜斎と、まともにやり合おうとしているあんたがね――」

「わたしが？」

「幻夜斎どのの螺力、なまなかなものではないぞ」

「だから、あなたと手を組もうと言っているのですよ」

「おれと手を組めば、幻夜斎どのに勝てるとでも思うているのか？」

「思っているともいないとも言えるでしょう――」

「なに!?」

「壬生幻夜斎と闘うのに、あなたの力は必要ないということです」

「なんだと」

「この螺王があれば、壬生幻夜斎とは、対等以上に闘えるでしょう」

「螺王が？」

「いかな壬生幻夜斎といえども、螺王の螺力にまさる螺力は有してはいないでしょう」

「おもしろいことを言う男だな。手を組めば、天下をおれと二分すると言うか――」

「さて――」

「幻夜斎どのがいなくなれば、ぬしが次にねらうは、このおれであろうが――」

九魔羅が言うと、
く、
く、
く、
と、蛇紅が笑った。

「頭の良い人は、わたしは好きです」

「ふふん」

九魔羅が、軽く、足を一歩前に踏み出した。

「それに、おまえは関東をどうする気だ。天下をわがものにするということは、あの関東をも、支配するということぞ」

「それもまた、この螺王を使うことになるでしょうよ」

「なに!?」

「わたしは、大螺王は、京ではなく、関東にあるとみています。この螺王をわたしがあやつり、この螺王によって、関東の大螺王をわたしがあやつります。少なくとも、あの関東でも、まだ誰も大螺王を手に入れていません――」

「何故、それがわかる?」

「もし、誰かが、大螺王を手に入れたのなら、今、その誰かがこの日本を支配しているでしょう。そうでないということは、まだ、大螺王は、何者の手にもわたっていないということになります」

「なるほど……」

また、一歩、九魔羅が蛇紅に近づいた。

しかし、蛇紅は、退《さ》がろうとしない。そこに静かに立ったままである。

互いに剣を抜いて、その剣を伸ばせば、ふたつの剣の先が触れ合うほどに近づいている。

「しかし、蛇紅、おまえが、大螺王が関東――つまり江戸にあると考える理由は何だ?」

「――」

「『秘聞帖』を読んだか?」

「さて――」

蛇紅は、初めて、小さく、その唇に笑みを浮かべた。

「それよりも、あなたに、訊きたいことがあります」

蛇紅が言った。

「何をだ？」

「壬生幻夜斎、聴くところによれば、遥か異変以前から、生きているとか。幻夜斎とは、そもそも何者なのですか。かつて、幻夜斎が信長《のぶなが》の許にあったおり、森蘭丸《もりらんまる》と呼ばれていたというのは本当ですか？」

「さあて――」

九魔羅が、半歩、前へ出る。

しかし、蛇紅は動かない。

「壬生幻夜斎の目的は何なのですか？」

「さあね――」

また、九魔羅が半歩、前へ出る。

「壬生幻夜斎は、今、どこにいますか？」

「聴きたいか？」

九魔羅が前に出る。

「壬生幻夜斎――その正体は、森蘭丸ではありませんか!?」

蛇紅が問うた。

しかし、九魔羅は答えずに、小さく嗤《わら》っただけであった。

間合いの寸前で、九魔羅はそこに足を止めていた。

「言いなさい……」

蛇紅が、囁くように言った。

声の質そのものは、たとえようもなく静かで優しいが、その声の底に、こわい響きがこもっている。

「聴きたくば、おれの口からそれを言わせてみることだな」

九魔羅が言うと、

「ほう……」

蛇紅が眼を細めた。

「それは、つまり、腕ずくでと、そういうことなのですか――」

「そういうことだ」

九魔羅が言った。

く、

く、

と、蛇紅が笑った。

ふ、
ふ、
と、九魔羅が笑った。

蛇紅の唇の左右が、大きく吊りあがっていた。

九魔羅も、蛇紅も動かない。

動かずに、相手を見つめている。

どちらかが、半歩、足を前に踏み出せば、間合いに入る。その間合いで剣を抜けば、それで相手を斬ることができる。

しかし、それは、剣の間合いだ。

螺力の間合いには、もう、しばらく前に入っている。

常人の眼に見えぬ間《ま》――つまり、螺力による闘いに、すでに、ふたりは入っていた。

ふたりの、脳と心臓を、螺力の触手が撫でている。

撫で、それをからめとり、いつでも螺力による締めつけを脳なり心臓なりに加えることができるぞという意志表示をしているのである。

だが、それは、あくまでも脅しだ。

螺力を有する者どうしの闘いの場合、ふいを襲って、心臓に螺力による攻撃を加えても、まず、その螺力は、きっちり受けられてしまう。

人の肉体——というより、生体は、危険に敏感に反応するからだ。

針で、人の身体を刺せば、瞬時に、その人間は痛みに反応する。焼けた鉄をあてれば、それから逃げるように、自然に身体が反応する。

螺力の場合も同じだ。

人の身体は、自分の肉体に加えられてくる螺力から、自然に逃げようとする。

普通の、螺力を有しない人間は、螺力の攻撃を受けた時、逃げようとはしても、どうしていいかわからない。

本能的に、螺力による直接の攻撃から、身を守りはするが、それは長くは続かない。今、自分がどういう攻撃を受けているかもわからない。わからずに、死ぬ。

しかし、螺力を有する人間は、それにきちんと反応する。螺力を螺力で受けることができるのだ。

圧倒的に、螺力に差がある場合はともかく、螺力を有する人間の肉体に、直接螺力の攻撃をかけて倒すというのは、まず無理である。

今、蛇紅と九魔羅がやっているのは、その、螺力による互いのさぐりあいである。

見つめあっているふたりの間の空間で、きらりと小さく光るものがあった。

顔の高さ——もっと正確に言えば、眼の高さである。

続いてもうひとつ、きらりと光る。

「針か……」

九魔羅が、顔色を変えずに言った。

九魔羅の、左右の眼球のすぐ前に、針が二本、切っ先を眼球に向けて、静止していた。

蛇紅が、針による攻撃をかけ、それを、寸前で九魔羅が止めたのである。

三本目は、真上からであった。

三本目の針が、九魔羅の頭頂部に光った。光ったその瞬間に、それは、そこに静止していた。

「無駄だ」

九魔羅が言った。

九魔羅の前にあった二本の針と、九魔羅の頭頂部に浮いていた針が、ふいにそこから見えなくなった。

「む……」

声をあげたのは、今度は蛇紅であった。

蛇紅の左右の耳のすぐ先の空間に、消えたはずの針が、切っ先を耳に向けて止まっていた。

もう一本は、蛇紅の額のすぐ前の空間に、やはり、切っ先を蛇紅に向けて止まっていた。

それが、微かな音をたてて地に落ちていく。

また、睨み合いになった。

ふ、
ふ、
と、ふたりの身体がぶれたように見えた。

ふたりの姿の輪郭と、周囲の風景との境目が、一瞬、曖昧《あいまい》になったようであった。

その瞬間、

「ぬ」

「ぬ」

ふたりの剣が一閃した。

互いに、半歩、踏み込んでいる。

剣が、互いに、相手の肉体を素通りしていた。

「ひと通りは心得ているようだな」

九魔羅が言った。

「ふふん……」

蛇紅が微笑した。

ふたりの肉体のぶれが、ひとつに同調してゆく……

「未来と過去を、高速で移動する、その揺れにいったん同調してしまえば、あとは技の勝負……」

九魔羅がそう言って、剣を持ちあげてゆく。

それが、強烈な速さで打ち下ろされた。

ぎいん、
蛇紅の剣が、その剣を下から上へ跳ね上げる。

また、半歩ずつ退がって睨みあう。

時間には、宇宙創成——つまり、ビッグ・バンの時にできた弾力がある。

およそ、〇・〇〇〇〇〇〇〇〇〇二秒の弾力だ。

十億分の二秒——空間の膨脹速度が、時間の膨脹速度を、それだけ上まわってしまったために、この宇宙に生じた弾力であるとされている。

螺人は、螺力を使って、その〇・〇〇〇〇〇〇〇〇〇二秒だけ、高速で、未来と過去を行ったり来たりできるのである。

その状態の時には、物質的なあらゆる武器は、その肉体を傷つけることができなくなるのだ。

しかし、相手が、同じリズムで過去と未来を震動している時は、別だ。

「哼《フン》！」

九魔羅が、真上から剣を打ち下ろした。

間合いの外である。

――しかし。

九魔羅の打ち下ろした剣が宙で消失し、その消失した剣先が、蛇紅の右肩の上に出現した。正面で打ち下ろされたその剣先が、右横手から、蛇紅に向かって打ち下ろされてきたのである。

蛇紅は、左に跳んで、その剣先をかわした。

「小賢《こざか》しい技を使いますね……」

蛇紅の唇が、吊りあがる。

蛇紅の左袖の中から、白い左腕の肌を滑って、赤い血が這い出てきた。

両手で剣を打ち下ろしたかに見えた九魔羅は、実は右手で剣を握り、左手に、小さな短剣を握っていた。その短剣を、蛇紅に見えぬようにして、始めに剣を打ち下ろしたのである。

蛇紅が、左へ跳んで逃げたその瞬間に、九魔羅は、左手に握った短剣の切っ先を、蛇紅が跳んで逃げた場所に出現させたのだ。

その出現した刃先に、蛇紅は、左肩を浅く貫かれたのだ。

「蛇紅さま……」

痴玄が、小さく叫ぶ。

蛇紅の左腕から流れてきた血に気がついたのだ。

「痴玄、スイッチを入れなさい……」

蛇紅が叫ぶ。

「はい」

痴玄が、土の上を疾《はし》る。

「何をする気だ!?」

痴玄に向かって、空間を越えた剣を突き出そうとした九魔羅に、たて続けに蛇紅が剣を突き出してゆく。

右から振った剣が、ふいに左に出現して九魔羅を襲う。正面から突いた剣が、後方から出現して、九魔羅を襲う。

それを、九魔羅がかわしてゆく。

九魔羅には、痴玄の後を追う余裕がない。

痴玄は、壁際に設置された、金属の箱の中に入り込んだ。

「蛇紅さまっ」

「押せ、痴玄!」

痴玄が、一瞬、ためらった後に、スイッチを押した。

ふいに、太い、低い唸《うな》りが、地の底に生じていた。

耳に聴こえるかどうかという、低い唸り。

何かの痛みが、自分の頭の内部を貫いたように、九魔羅が、びくんと身をすくませて、右手で剣を構えたまま、短剣を握った左手で頭部を押えた。

蛇紅が、剣を、横に振った。

その剣先が、途中で消失した。

その消失した剣先が、横から、九魔羅の左の脇腹をえぐっていた。

「ぐがっ！」

九魔羅が、声をあげて後方に跳んでいた。

九魔羅の脇腹から、大量の血が流れ出して、脚を伝い、ブーツの中に入り込む。

く、
く、
く
と、蛇紅が声をあげる。

低い唸りが、圧力を増し始めている。

強烈なエネルギーが、満ち始めていた。

螺王の内部に、である。

「きさま、な、なにをした——」

九魔羅が言う。

「あなたにわかりますか、この力が——」

蛇紅が言う。

「な、なに——」

「螺王の力、思い知るがいい」

蛇紅が言うと、蛇紅が身にまとっている小袖の、黄金の袖が、ゆっくりと上に持ちあがり始めた。

袖だけではない、袴の裾も、大気を吸い込んだようにふくらんでゆく。

蛇紅の髪の毛が、ゆらゆらと立ち上がってゆく。

まるで、蛇紅の周囲の重力が消失したようであった。

蛇紅の身体が、宙に浮きあがった。

「おう……」

歓喜の声を、蛇紅があげた。

「これぞ、螺王の力よ。見える、見えるわ——」

蛇紅が、うわごとのようにつぶやく。

「見える。重力が見えるぞ……」

蛇紅の身体が、さらに上に浮きあがる。

「おう……」

囁くような声をあげる。

「刻《とき》が動くのがわかる。刻が肌に触れてゆくのがわかるわ……」

蛇紅は、宙に浮いて、舞いを舞うように手足を動かした。

「重力は、たやすく光に変わる……」

蛇紅が言った途端に、重力が、その洞窟にうねった。

その一瞬、洞窟全体が、重力でねじれ、歪み、ゆらいだ。

その重力が、あっさりと、別のものに変化した。

蛇紅の周囲の大気が、白色の光を放ち、一瞬、ストロボのように発光する。

「おう……」

蛇紅が、満面の笑みを浮かべて声をあげる。

「ちい……」

九魔羅が、左手に握った短剣を投げる。

それが、蛇紅に届く途中で、ふいに向きをかえていた。

ぐるりとまわってその向きをかえたのではない。

疾《はし》ってきたのと同じ速度で、短剣が、ふいに後方に向かって疾り出したのだ。

その切っ先は、蛇紅ではなく、九魔羅の方を向いている。

九魔羅が、その短剣を、剣で下に叩き落とした。

「螺王の力、受けてみるか――」

蛇紅が言った。

蛇紅の姿が、縦に伸び、横に潰《つぶ》れ、歪んだ。

蛇紅の周囲の空間が、別のものに変じたのだ。空間が、曲がったのである。

その空間を動く光も、曲がった。

その歪みが、さらにひどくなってゆく。

「くうっ」

九魔羅は、歯を噛んで、己れの体内に螺力を溜め込んだ。

しかし、脇腹から、大量の血と共に、力が抜け出してゆく。

「受けてみよ、九魔羅――」

蛇紅が言ったその瞬間、蛇紅の身体がねじ切れたように見えた。

裏返ったように見えた。

ふくれあがったように見えた。

蛇紅と、九魔羅の間の空間が、音をたてて軋《きし》んだ。見えない巨大な手が、その空間をしぼりあげる。

ねじれた。

そのねじれを伝わって、エネルギーが動いた。

空間が、ガラス細工のように音をたてて砕け、散った。

空間が、螺力《エネルギー》に変化した。

そのエネルギーが、正面から、横から、後方から、上から、下から、九魔羅にぶつかっていった。

「ぬううっ！」

九魔羅が剣を構えて吼《ほ》えた。

衝撃があった。

九魔羅の身体が、宙に舞っていた。

大きく後方へ跳ね飛ばされた。

岩壁に、背をぶつけていた。

九魔羅はそのまま前のめりに倒れていた。

倒れた九魔羅の唇から、大量の血がこぼれ出した。

宙に浮いたまま、蛇紅が笑い出した。

始め、それは、低い、小さな含み笑いであった。

その声が、次第に高くなってゆく。

やがて、それは、大きな笑い声になった。
おかしくておかしくてたまらない笑い声だ。
魔性の笑い声であった。
ふいに、その笑い声がやんだ。
蛇紅が、何者かの気配に気づいたからである。
蛇紅は、宙に浮いたまま、横手へ顔を向けた。
そこに、奇怪なものが立っていた。
それは、人の形をしていた。
人の形はしているが、どう見ても人のようではない。
その人間は、裸らしかった。
どのような布切れも、その身体にまとわれてはいなかった。
ただれ、溶けた皮膚、崩れた肉。
身体中から、皮膚や、肉が、垂れ下がり、腐臭を発散させている。
黒い、はがれた皮膚の下から、膿《うみ》にまみれた赤い血と肉が覗いていた。
骨が見えている。
金沢城城主、矢坂天心であった。

「天心——」

蛇紅が言った。

湿った音が、天心の足元に響く。

血が、そこに滴っているのである。

「まだ、死ななかったのですね――」

「みんな、ぬしが、やっていたのだな。このわしの身体がこうなったのも、みな、ぬしの仕業《しわざ》であったのだな」

「その通りですよ」

蛇紅は、ゆっくりと、宙に浮いたまま、しずしずと、宙を天心の方へ歩いてゆく。

優雅な、踊るような足取りであった。

その蛇紅が、ふいに、足を止めていた。

天心の背後の、ふたつの人影に気づいたからである。

巨大な人影と、そして、細い人影。

武蔵と、左門であった。

「よう、また会ったな」

武蔵が言った。

「元気だったかい」

左門が微笑しながら言った。

その左門の後方から、もうひとり、姿を現わした者がいた。

丹術士の九兵衛である。

「九兵衛——」

痴玄が、声をあげた。

「久しぶりだのう、痴玄」

九兵衛が笑いながら声をかけた。

「痴玄、何故に我が師、風見縁覚を殺した？」

「縁覚が、おれの仕事の邪魔をしようとしたからよ。やつは、おれのやり方を否定しおった」

「仕事？」

「螺人を造り出し、この世を統《す》べることよ——」

「馬鹿な……」

「馬鹿なだと？　それができるのだ。この螺王の化石があればな。九兵衛、ぬしもこの螺王が欲しくて金沢に来たのであろうがよ——」

くへくへと笑いながら痴玄は言った。

二

「蛇紅め、ここまでひきたててやった、わしの恩を忘れ、よくも、わしをたぶらかしおったなあ……」

湿った声で、天心が言った。

溶けた肉が、しゃべっている天心の唇の端からこぼれ出す。

血と膿の混じった肉汁が、大量の唾液と共に、あとからあとから出てくるのである。

「醜い……」

宙に浮いた蛇紅が、天心を眺めながらつぶやいた。

肉汁の足跡を、土の上につけながら、天心が、蛇紅に歩み寄ってゆく。

その天心が、ふいに、膝を突いた。

いや、天心は膝を曲げはしたが、正確には、地に突いたのは膝ではなく、膝の裏側であった。

天心の両膝が、関節とは逆方向に曲がっているのである。

蛇紅がやったのである。

天心は、両手を、土の上に突いた。

「おのれ、蛇紅——」

なおも、四つん這いになって、天心は前に進もうとした。

「わたしは、すでに人を超えた。よいか、天心、わたしには、重力が見えるのだ。質量が見えるのだ。おまえたちが、空間を、かたちや大きさで見るように、わたしは、重力を、量として認識できるのだ……」

「おのれ、おのれ……」

天心が這ってゆく。

蛇紅の声が、耳に届いてないらしい。

天心の身体が、その時、四つん這いの姿勢のまま、宙に浮きあがった。

同時に、天心の周囲にあった、小さな石や砂が、宙に浮いた。

天心は、下から上へと伸びた円筒形の光の中にいた。

青い光の円筒の中で、天心がもがく。

「天心、わかるか？　ぬしの周囲の重力を、光にかえたのだ。このわたしがね——」

天心の身体が、蛇紅よりも高く浮きあがる。

「死になさい」

蛇紅が言った途端に、天心を包んでいた光の円筒が消え、天心が、落下した。

岩の上に叩きつけられた。

もぞりと、天心が動く。

起きあがろうとした。

顔があがっただけだ。

そのまま動けない。

頬の肉が溶け落ちて、天心の頬骨が見えている。

「げえっ」

と、天心が、赤い肉の塊りを吐き出した。

溶けかけた舌と、血であった。

天心の眼球が、内側から押され、瞼を押しのけて、外へせり出してきた。

ずくずくになった脳が、眼球を外へ押し出し、眼、鼻、口、耳から外へあふれ出てきた。

天心の喉から、湿った、呪詛《じゅそ》の声が洩れた。

天心は前のめりにそこへ顔を伏せ、そのまま動かなくなった。

天心は死んでいた。

く、
か、
か、
蛇紅が、高い声をあげて笑った。

武蔵や左門に、己れの勝ち誇った姿を見せつけるように、身をゆすりたてた。

「来るわ来るわ。螺王の力が、みしみしと音をたてて、わが体内に入り込んでくるわ。まだぞ、まだぞ。こんなものではないはずだ。螺王の力は、これしきのものではないはずだ……」

喜悦の声であった。

「蛇紅さま、いきなりは危険ですぞ」

痴玄の声が響いた。

しかし、その痴玄の声も、今は、蛇紅には届いてないらしい。

「おう……」

蛇紅が歓喜の声をあげた。

「来たか。来たか来たか来たか——」

宙で、蛇紅が首を左右に打ち振った。

肉体に襲いかかってくる快美感に、我を忘れて顔を左右に振っている女のようであった。

「重力と時間が溶けるぞ。時間と空間とを、同じものとして認識できるぞ……」

凄い——

凄い——

「これが、これが螺王の力か……」

蛇紅は、いまにも射精しそうな顔つきで言った。

歓喜の極みに達したような表情になった。

その時——

ふいに、宙に浮いたまま、蛇紅の眼が吊りあがった。

「な……」

蛇紅の唇が動いた。

「な、なんだこれは。だ、誰だ!?」

蛇紅の顔が驚愕に歪む。

「蛇、蛇紅さま」

歩み寄ろうとした痴玄が、巨大な見えぬ手ではたかれたように、後方へ飛ばされた。

岩の壁に激しく身体をぶつけ、痴玄はそのまま、口と鼻から血を流して動かなくなった。

「くう——」

蛇紅が、何者かと自分の内部で闘っているようであった。

「くわわ……」

蛇紅の身体が震え出している。

「ぬむむ……」

蛇紅の声と、身体の震えが止まった。

蛇紅の吊りあがった眼が、ゆっくりもとに戻ってくる。

痴玄を見、武蔵を見、左門を見、そして、倒れている九魔羅を、その眼が見た。

蛇紅の表情が、一変した。

元の美しい貌《かお》だちを残したまま、能面のような顔つきになった。

蛇紅の身体が、宙に浮いたまま、舞うように動き出した。小手が上がり、足が持ちあがって宙を踏む。

蛇紅の唇が、ふいに開かれ、そこから低い声が滑り出てきた。

〽人間五十年
　下天《げてん》のうちをくらぶれば……

それまでの蛇紅の声とは別人のような声であった。

「こ、これは——」

左門が言った。

「〝敦盛《あつもり》〟……」

九兵衛が、そう呻いて身をこわばらせた。

〽夢まぼろしのごとくなり

蛇紅の唇が唄う。

見れば、宙に浮いた蛇紅が、光の中で、何かの舞いを舞うように動いている。

〽ひとたび生をえて

　滅せぬもののあるべきか……

それは、まさしく、幸若舞《こうわかまい》の〝敦盛〟であった。

かつて、織田信長の愛した舞いである。

永禄《えいろく》三年（一五六〇）五月――

今川義元《いまがわよしもと》との戦いの前にも、信長はこの舞いを舞っている。

別人が、突然蛇紅に憑依《ひょうい》したようであった。

「ぬうっ」

武蔵が、背から剣を抜き放った。

蛇紅の目が動いて、武蔵のその動きを見た。

「来るかっ」

蛇紅が言った時、蛇紅の長い頭髪が、ざあっと上に逆立った。

武蔵を蛇紅が見た。

武蔵は、ふいに、足を踏ん張った。

武蔵は、ふいに、自分の体重が倍になったような感覚を味わっていた。

強烈な重さが、武蔵の両足にかかっていた。

「むう――」

泥の中から、足を引き抜くようにして、武蔵は足を前に踏み出した。

「ほほう……」

蛇紅の眼が、それを見て細くなった。

さらに、武蔵の身体が重くなる。

「ぬうっ」

武蔵が、足を踏み出す。

凄い力を、武蔵が全身に込めているのがわかる。

「どうした、武蔵」

左門が声をかけるが、武蔵は唇を噛んだまま、答えようとしない。いや、答えられないのだ。

それほど、武蔵の全身に力がこもっているのである。

その時、左門は、すでにセラミクロンの糸を、洞窟の大気の中に流し出していた。

武蔵が蛇紅の注意を引きつけているうちに、左門がセラミクロンの糸で蛇紅に攻撃をかける。

螺力を有した蛇紅と闘う際に、色々と考えていた攻撃パターンのうちのひとつを、今、ふたりは実行しようとしているのである。

いくら、螺力を有していても、たとえば左門に意識を向けずに、左門が何を始めようとしているかを知ることはできない。武蔵に蛇紅の注意が向いている時こそが、チャンスであった。

大気の中に流したセラミクロンが、蛇紅の左足に触れた瞬間、左門は、浅くそのセラミクロンの糸にアクションを加えて引いた。

するりと、糸が、蛇紅の右足に巻きついた。

「くう」

左門は、強く、糸を引いていた。

「ぬがっ」

声をあげたのは、左門であった。

蛇紅の足に巻きついたはずの糸が、自分自身——つまり、左門の左足に巻きついてきたのである。

左門の足の肉の中に、その糸は浅く潜り込んでいた。

左門は、大きく後方へ飛んで、足をかばうようにそこへ着地した。

「おまえから死にますか」

左門に向かって蛇紅が言ったその時——

〝死にますか〟

の、最後の言葉、〝か〟のかたちに開いた蛇紅の口の中から、いきなり、ぬうっと短剣が突き出てきた。

その白刃の上に、血がからみついていた。

「おぐっ」

蛇紅が、上下の歯を合わせて、短剣を噛んだ。

縦になっている両刃の短剣が、蛇紅の上下の歯の間に潜り込み、さらに上下の歯茎と唇を断ち割っていた。

ぶ、
ぶ、
声にならない声をあげて、蛇紅が後方を睨んだ。

そこに、九魔羅が立っていた。

蛇紅の後頭部から、短剣の柄が生えている。

蛇紅は、その短剣の柄を右手に握ってひき抜いた。

大量の歯が、蛇紅の割れた唇から、ぽろぽろと落ちた。

「ざまあねえな……」

九魔羅が、唇を歪めて笑った。

笑ったその唇からも、大量の血がこぼれ出ている。

九魔羅が、その短剣を蛇紅に向けて放ったのである。

「おれが死んだと思って、油断したてめえの負けよ……」

九魔羅が言う。

その九魔羅を睨んだ蛇紅の眼が、ふいにくるりと裏返った。

宙に浮いていた蛇紅が、地に落下した。

蛇紅が、地に落ちて動かなくなったと見えた時、九魔羅が、ふいに、心臓の真上あたりを、自分の右手で押えた。

「ぬ!?」

九魔羅が、歯を嚙んだ。

九魔羅の左右の頰が、大きくふくらんでいた。

両手で九魔羅がそれを押えようとする。しかし、さらにその手を押しのけるようにして喉が、口が、ふくらんでくる。

尋常でない大きさであった。

そのことに、皆が気づいた時、九魔羅は、そこに前のめりに倒れていた。

倒れたひょうしに、九魔羅の唇から、九魔羅の口の中にあったものが土の上に吐き出されていた。

まだ、真新しい血の色をからめた、九魔羅自身の心臓だった。

蛇紅の身体が、動いた。

むくりと背が持ちあがり、尻が持ちあがった。

ゆっくりと、蛇紅が起きあがった。

まだ、白眼をむいていた。

ほとんど、意志のない人形のように、蛇紅はそこに立った。

その蛇紅に、武蔵が斬りかかる。

武蔵の剣が、蛇紅に触れる寸前で、消えた。

「ぬうっ」

剣を横に振っても、武蔵の剣は蛇紅に触れない。蛇紅の身体を、球状に目に見えない場が包んでいて、その場の中に、剣が入り込まないのである。

場の中へ潜り込むように見えた一瞬、剣は、どこか別の次元を走って、場から出た途端に、剣はもとにもどるようであった。

蛇紅は、螺王に向かって歩いてゆく。

螺王の側まで来ると、蛇紅は、倒れるように、螺王にもたれかかった。

その時——

地の底から、太い音が響いていた。

周囲の岩盤が、めきめきと音をたてていた。

岩盤に、亀裂が走る。

地面が、大きくよじれた。

「見ろ——」

左門が言った。

地面の中から、身を震わせながら、蛇紅の身体を乗せたまま、悠然と螺王が持ちあがってきた。

その上に、魂の失《う》せた人形のように蛇紅が倒れている。

「武蔵！」

左門が、宙に浮いた螺王の端に、しがみついている武蔵を見つけていた。

洞窟全体が、びりびりと音をたてて震えていた。

その時、痴玄が蘇生していた。

「い、いかん……」

痴玄が、起きあがり、スイッチを切ろうとして、地を這った。

スイッチに右手を伸ばそうとする。

その痴玄の右腕が、はじけた。

痴玄の右腕から、ほとんどの血肉が消失して、骨だけになっていた。

「おごわっ」

痴玄が、右腕を押えて転がった。

蛇紅が、宙へ浮いた螺王の上に立ちあがっていた。

〽人間五十年
　下天のうちをくらぶれば……

螺王の上で、蛇紅が歌っている。

いや、歌っているのは蛇紅ではない。蛇紅に憑《つ》いた何者かが、死の寸前の蛇紅の口をかりて歌っているのである。

〜夢まぼろしのごとくなり……

口が裂けているため、はっきりとした発音にこそなってないが、その言葉の意味は、なんとか聴きとることができる。

「愚かなり、人間ども……」

蛇紅でない、何者かが言った。

その蛇紅の横に、武蔵が立った。

「死にに来たか」

蛇紅いや、それが、ゆらりと動いて武蔵を見た。

武蔵は、剣を構えて、蛇紅《それ》を睨んでいる。

その武蔵の体内に、ぎりぎりとふくれあがってくるものがあった。

武蔵が、その巨大な肉体に、ありったけの気を溜め込もうとしているのである。細胞のひとつずつが、痛いほどに張りつめてゆく。

嚙み合わせた武蔵の歯が音をたてて軋《きし》んだ。

太い首の血管が、棒のようにふくらんでいる。

「ほう……」

蛇紅《それ》が、ばっくりと左右上下に唇を割って笑ったようであった。

武蔵の肉の中で、血が、音をたてて熱くなってゆく。

剣を、ゆっくりと上に持ちあげてゆく。

「死ねい！」

蛇紅《それ》が言った時、空間がねじれていた。

そのねじれが、空間ごと、武蔵の肉体を裂こうとした。

武蔵という肉体の有している因果を、消失させようとした。

つまり、その空間に出現した眼に見えないねじれは、武蔵という肉体から、一瞬、時間軸へ沿った運動を消失させようとしたのだ。武蔵という存在の有している時間と物質とを、切り離そうとしたのである。

「おうっ！」

と、武蔵が、それを受けて剣を打ち下ろしていた。

その瞬間、武蔵が身体中に溜めた気が、武蔵の打ち下ろす剣先にこもり、そこから、空間のよじれに向かってほとばしった。

武蔵の剣が通過した空間に、光の亀裂が疾《はし》った。

時間と空間が物質から切り離され、そこに虚無が出現してゆく亀裂である。しかし、それらは、完全には切り離されるものではない。

剣の通過した空間の因果が物質化しながら、そこに出現しそうになった虚無を埋めていったのである。

それが、光の亀裂のように見えたのだ。

武蔵が頭にかぶったヘルメットの中で、音がした。左肩から左胸にかけておおっていたプロテクターの内部で音がした。

ヘルメットとプロテクターから、煙があがった。

無数の、でたらめな方向に巻いた螺旋を、その内部に隠し持ったヘルメットとプロテクターであった。

それが、自分に向かってくわえられる螺力を乱すのである。

しかし、そのヘルメットとプロテクターに、負荷《ふか》がかかりすぎたのだ。

もし、武蔵が、自分の肉体をしぼり抜いて造りあげた気で、蛇紅《それ》の螺力を受けていなければ、プロテクターもヘルメットも完全に役にはたたなかったろう。

「気で、螺力《それ》を受けるとは、とんでもない男よ」

それが賛嘆の響きを込めた声で言った。

武蔵は、肩で大きく息をついている。

「どうした？　ぬしにできるのはそこまでか。他に芸はないのか？」

それが言う。

「その剣で、おれを突いてこい」

それが、ゆらりと、人形が動くように足を踏み出してきた。

それの口調が変化している。

「おまえ、蛇紅ではないな……」

「わかるか？」

蛇紅《それ》の口が言う。

「誰だ？」

「我は、この世の王なり……」

「なに!?」

「しかし、まったくおもしろい。死んだ螺王の力を、このようにして使うとはな。生きた螺王ではかなわぬことも、死んだ螺王であれば、できる。このように、螺王の力を使うことがな」

そこまで言っていた蛇紅《それ》の手が持ちあがって、眼に触れた。

「むう」

指が、直接、ぐりぐりと眼球に触れている。

「見えぬ、ついに、この男、眼が見えぬようになったわ……」

武蔵は、口を大きく開いて呼吸をしていた。

どんなに大量に空気を吸い込んでも、酸素が足りなかった。

あと一度——あと一度であれば、蛇紅《それ》の螺力の攻撃を、気《い》で受けることはできよう。

しかし、それは一度だけだ。

自分の心臓を、螺力の手が撫でまわしているのがわかる。

いつ、それが、強い力にかわるか。

さっきの螺力の攻撃が、まだ遥かに余力を残していたことはわかっている。

手を抜いた攻撃であったという意味ではない。

この程度で倒せるであろうと考えて放った力が、武蔵を倒すには足りなかったということだ。

さっきよりも、わずかに強いほどの螺力であれば、まだなんとか受けきれよう。

しかし、受けていては、攻撃に移れない。

蛇紅《それ》が螺力を放ったその瞬間が勝負になる。

一度に、まるで違うふたつの攻撃に螺力を使うことはむずかしいはずだ。ひとつの攻撃から次の攻撃に移るその時がチャンスだ。

しかし、相手の螺力を受けていたのでは、その攻撃ができない。

武蔵の体内に、再び、気《い》が溜まっている。

「武蔵！」

下から、左門が叫んだ。

「螺力だ。九兵衛の言葉を思い出せ、ぬしも、その螺王の力と同調できる素質をそなえているはずだ！」

左門の声が届いてきた。

「むう」

耳の奥に痛みがある。

これが、螺王の動きと連動しているであろうことは、武蔵は九兵衛から聴かされていた。

耳の奥にある螺旋の骨——蝸牛《かぎゅう》器官。

それが、螺王の力に呼応するのを、痛みとして感じているのである。ヘルメットを被《かぶ》っている時にはわからなかったその痛みが、今、耳の奥にある。

これは、蛇紅の素質に合わせて、痴玄が生み出したものであるはずだ。

それに、自分が同調できるか。

「痛みを恐れず、痛みに意識をむけよ……」

痴玄がそう言った。

その痴玄の首が、ぐりっとねじくれて音をたてた。

数度、痙攣《けいれん》し、痴玄は動かなくなった。

痛みか——

〝むう……〟

武蔵は、耳の奥の痛みに、意識を集中した。

痛みが、胸に入り込もうとしている。

入れ！

と武蔵は思う。

入って来い。

うねる蛇のように、それが、潜り込もうとしている。

強烈な、圧倒的な力を持った蛇だ。

その蛇に、心を……。

だめだ。

どうしていいかわからない。

気力が萎《な》えそうになる。

どうすればいいのか。

そうか――。

武蔵は、体内に溜めた気のありったけを、その、耳から脳に入り込もうとしている蛇のイメージにむけて、思いきり潜り込ませていた。

その瞬間に、何か、巨大なものが、ぐうっとうねるのがわかった。気《い》が、うねりながら両耳の奥に集まり、そこから螺旋を描いて脳の内部に潜り込んでくる。

とてつもない太さと大きさの蛇、それが、天から、脳天にむけてぐいぐいと太さを増しながら入り込んでくる。

何だ!?

何だ、これは!?

身体が、その力に耐えきれず、ふくれあがり、散りぢりになるような気がした。

ちぎれる。

自分の身体がちぎれる。

「ぬわっ」

声をあげて、それに武蔵は耐える。

ええい。

耐えるな。

ちぎれてしまえ。

そう叫ぶものがいる。

それに、武蔵は身をまかせた。

来い。

とてつもない力の奔流が、武蔵を襲った。

上へ。
上へ。
さらに上へ。
力が、武蔵の意識、武蔵の存在そのものを上へ押しあげようとする。
自分が天に届いてゆこうとする。
とてつもない力。
とてつもない速度。
歓喜。
恍惚《こうこつ》。
その瞬間に、武蔵は、螺王のその力に同調していた。
同調したその瞬間に、視界が一変していた。
世界が変容した。
まったく違うもので、世界が構成されている。
混沌《カオス》。
おう……
重力が、見えるのだ。
時間が、粒子状に疾《はし》るその方向が見えるのだ。

時間に、重力が重なり、重力に空間が重なり――

武蔵が見ているのは、まさしくそういうものであるのだが、しかし、それのどれが重力で、どれが空間であるのか、武蔵の認識力は、自分が得つつあるその能力に追いつけない。

同時に、もうひとつのものとも、同調が始まっていた。

それは、蛇紅《それ》を支配しているものの意志であった。

とてつもない力を有した、巨大な意志。

それがこの日本列島を包んでいるのである。

その力が近代科学と、武家社会の入り混じったこの異様な世界を生み出しているのか!?

歓喜の直後に、武蔵は恐怖を味わっていた。

何者だ。

こいつは。

背筋が、氷で断ち割られるような恐怖。

それは、眼の前にいた。

「ぬわあっ!!」

武蔵は、たまらずに、攻撃を仕掛けていた。

剣で、真横から斬りつけていた。

「信長！」

その時、見えた。

過去からだ。

過去から、その攻撃がやってくるのを。

〇・〇〇〇〇〇〇〇〇二秒過去から、剣が、自分に襲いかかってくるのである。

自分が蛇紅《それ》に斬りつけた剣が、背後から、自分を攻撃してくるのである。しかし、それは、〇・〇〇〇〇〇〇〇〇二秒の過去からやってくるのだ。

蛇紅《それ》を支配したものは、武蔵の剣を、空間軸と時間軸、両方に沿って動かしたのだ。

武蔵は、背筋を凍らせた。

「ぬん!!」

過去へ消えたその刀身を、強引に自分の剣にもどしていた。

その剣が、それの首を通過した。

「愚かな……」

それが静かに、笑った。

「それほどに強力な螺力を身につけておきながら、その使い方も知らぬとは——」

「どこだ、蛇紅の意志に乗り移ったおまえはどこにいる」

「我は、大螺王と共にあり——」

それは言った。

「むう!?」

「わが眠りを妨げる騒がしい意識があり、その意識に入り込んでみれば、笑止かな、このようなところで、小競《こぜり》あいをしているだけの輩《やから》とは……」

蛇紅《それ》の唇が動く。

「わがもとへ来よ」

と、それは言った。

「どこだ!?」

「我は……」

と、そこまで言った時、蛇紅《それ》が、左右に大きく首を打ち振り、天を睨んだ。

「惜しや、この者の生命、もう、もたぬ……」

ふいに、それの言葉が途切れた。

蛇紅《それ》の生命が、その時、終わったのだ。

蛇紅《それ》の肉体から、その強烈な個性《キャラクター》を持った意志が、去っていた。

ふわりと、ゆっくりと、後方に蛇紅《それ》が倒れ、螺王の上からその身体が滑り落ちてゆく。

螺王が、地に落ちた。

しかし、武蔵の身体は、宙に浮いたままだ。

「どこだ!?」

武蔵は声をあげた。

「どこにいる!?」

そこで、剣を両手で構え、まだ、見えぬ敵——信長がそこにいるかのように、武蔵は、大きく肩を上下させて喘《あえ》いでいた。

九兵衛が、地に倒れた蛇紅《それ》の屍体《したい》に近づいた。

「見よ、これを——」

九兵衛が、しゃがんでつぶやいた。

左門が、九兵衛の横に並んで、蛇紅《それ》の屍体を見下ろした。

蛇紅《それ》の頭部が割れて、脳が見えていた。

その脳の中に埋め込まれたものが、見えていた。

それは、螺旋形をした、金属の一部であった。全体は脳の内部に隠れて見えない。

「やはり、痴玄が、これをやったのか——」

九兵衛が、向こうに倒れている痴玄を見やってつぶやいた。

うつ伏せに倒れている痴玄は、首を見当違いの上方へ向けて、放心したような顔で、絶命していた。

「武蔵」

左門が、上を見あげて、武蔵に声をかけた。

武蔵は、まだ、宙に浮いたまま剣を握りしめ、見えぬ敵を捜すように、虚空を睨んでいた。

転章

一

「そうか、京へゆくか——」

つぶやいたのは、九兵衛であった。

「うむ」

うなずいたのは、武蔵である。

空が青い。

抜けるような高い空を風が吹いている。

他に、左門、カマス、シラメ、イサキがいる。

場所は、金沢の南のはずれ——

遠く、白山《はくさん》の山系が見えている。

九兵衛が、右手に、超伝導体でできた、対数螺旋の金属を握っている。

蛇紅の頭部から取り出したものだ。

痴玄が埋め込んだものである。それを、脳下垂体の上部から海馬体《かいばたい》と呼ばれる場所までをつなぐかたちで、脳に埋め込むと、螺力を発することができるのである。

そのようにして、痴玄は螺人蛇紅を造り、逆に蛇紅に支配されるようになったのだ。

しかし、その技術は、痴玄の死と共に闇に消えた。

「京には、香月炎風《こうづきえんぷう》がいる」

武蔵がつぶやいた。

香月炎風——風見縁覚と共に、螺王プロジェクトを去った、その生き残りのひとりである。

天台の『秘聞帖』の行方を知っていると思われる人物である。

「『秘聞帖』か——」

つぶやいたのは左門である。

「そうだ。『秘聞帖』を手に入れれば、壬生幻夜斎が、こんどはおれを追うことになろう」

「うむ」

「しかし……」

「なんだ」

「信長は、本当に、この世に生きているのだろうか？」

「ぬしは、見たのだろうが」

「いや、感じたのだ。もし、あれが信長であるなら、信長は間違いなく、生きている――」

「この世の王と言うたかよ」

「言った」

武蔵が言ったその時、信長は、大螺王と共に眠っていた。

眠りながら、夢を見ていた。

この世を支配する夢を。

それを、その圧倒的に巨大な力を思い出すたびに、武蔵の身体に震えが疾《はし》る。

いつか、あの力と相見《あいまみ》えねばならぬのか――

武蔵はそう思っている。

やがて、武蔵は、壬生幻夜斎と共に、この魔王信長と出会い、闘うことになってゆくのだが、この時の武蔵は、まだそれを知らない。

「では、ゆく」

武蔵は、ゆっくりと後方に一歩退《さ》がった。

一緒に、左門が武蔵の横に並ぶ。

「あたしも行くよ」

イサキが武蔵に駆け寄った。

「ふん」

小さく声をあげたが、武蔵に、イサキをこばむ風はなかった。

「わしは、金沢に残って、痴玄めの螺王を使って、どれほどのことができるか、しばらくがんばってみるわい」

と、九兵衛は言った。

「イサキ、なおったら、おれも、てめえの後を追うぜ。たとえ、京までだってな」

カマスが言った。

「いつかまた、金沢に来い……」

九兵衛が言った。

「寄らせてもらうぜ、生命があったらな——」

言って、武蔵は背を向けた。

悠然と、武蔵は歩き出していた。

二

街道の風の中を、武蔵の巨体が歩いてゆく。
左門と、イサキが、武蔵に並んでいる。
行く手には、白山が見えている。
異変により、高度を増した白山の頂《いただき》に、白い雪が残っているのが見える。
左門とは、その白山の手前で、左右に分かれることになる。
京と、信州へ。——
武蔵は右へ、左門は左へ——
ふたりは共に、無言であった。
無言で歩いている。
街道の左右に、薄《すすき》が繁り、穂を風に揺らしている。
その同じ風の中に赤蜻蛉《とんぼ》が飛んでいる。
天の高い風の中を、悠々と雲が東へ流れてゆく。
やがて、街道が、左右へ分かれる場所であった。
その場所へ、三人がさしかかった時——

「おやおや——」

聴き覚えのある声がかかった。

道が、ふたつに分かれる、その叉《また》のところに、土の中から、以前の道の名残りであるアスファルトの塊りが突き出ている。

周囲に雑草が繁るそのアスファルトの塊りの上に、ひとりの男が腰を下ろしていた。

「片桐……」

イサキが、その男の名を呼んだ。

片桐であった。

片桐が、あのよれよれのスーツを着、歪んだ眼鏡をかけて、三人を見ていた。

草の中に、片桐がいつも持っているカバンが転がっている。

「こんなところでお会いするとは、よほどのご縁でございましょうなあ」

片桐が、右手の指先で、乱雑な髪の中をぼりぼりと掻く。

「おまえ——」

イサキが、腰の剣を抜いた。

「いや、お待ちを——」

片桐がイサキを制して、草の上に膝を突いて正座をした。

カバンを膝元に置いて、両手を突き、深々と頭を下げた。

「その節《せつ》は、色々とお世話をおかけいたしました」

顔をあげ、

「どうか、わたくしめの生命、寛大なるご慈悲をもちまして、おとりにならぬよう——」

そう言った。

「勝手なことを言わせないよ」

イサキが言った。

「イサキさま、人にはそれぞれ、立場というものがございます。あの時、あなたを捕えようとしたは、あの時のわたくしの立場がさせたものにてござりますれば、もとより、恨みあってのことではござりませぬ。ここはひとつ、心を広くお持ち下さりますよう——」

「ホウボウは、あの時死んだのよ」

「わたくしが殺したわけではござりませぬ。あれは、不可抗力。今は、もう、わたくしも違う立場にいるただの人。ここで争うは、無駄というもの。あなたさまがわたくしをお斬りになろうとすれば、わたくしとて、抵抗いたします。どちらが勝とうと、無傷でということはなく、その闘いには何の意味もございませぬ。冷静に考えましても、ここで闘うは……」

武蔵と左門は、笑みを浮かべて、イサキと片桐のやりとりを聴いている。

「片桐、何故ここにいる——」

イサキの気をそぐように、武蔵が片桐に問うた。

「いや、ゆくあてがございませぬ故、ここまで来て、はて、どちらへ行ったものかと迷うておりますところで――」

くったくのない、とぼけた声で、片桐は頭を掻いた。

不思議な男であった。

それで、さすがに、イサキの気持ちも萎えたようであった。

唇を尖らせて、剣を収めた。

「皆さまはどちらへ――」

「信州だ」

と、左門。

左門は、どこかに蟲《むし》の幼虫を隠し持っているはずであった。

それを、信州まで持ってゆくのが、彼の仕事である。

しかし、それを、持っているのかどうかを、武蔵は問わなかった。

「おれは、京だ」

武蔵が言うと、自分もそうだと言うように、イサキが、武蔵の横に並んだ。

「おやおや、右と左へと、お別れになるということですか――」

片桐は、カバンを手にして立ちあがった。

「いや、決めました。ご一緒させていただけますか——」

武蔵に向かって言った。

「決めた？」

「一緒に、京へゆかせて下さい。あなたと一緒であれば、銭《ぜに》になる仕事がありそうな気がしますのでね」

「京へ入るのは難しいぞ」

「なに、このわたくしが、ついておりますれば、京へなぞ、自分の家へ入るように入れてさしあげます。おや、京の通行証はどちらでありましたかな——」

立ったまま、片桐は、そこでカバンを開いて、中を手で掻きまわし始めた。

武蔵と、左門は、顔を合わせて、

「では」

「おう」

小さくうなずきあった。

「またな」

「いつか」

そう言いあって、ふたりは背を向け合った。

悠然と、武蔵が、風の中を歩き出した。

イサキが続く。

「おや、ありましたよ。これがあればなんとか京へは潜り込めましょう――」

片桐は、顔をあげて、武蔵の背を見、ひょこひょこと、カバンを片手にその後を追い始めた。

三人の間を、秋の風が吹き抜けてゆく。

その風の中を、武蔵が歩いてゆく。

京へ向かって――

『混沌の城』・完

初刊本あとがき

乾杯!

ついに――

ようやくこの『混沌《カオス》の城』が完成した。

最初にはっきり書いておくが、これは、傑作である。

これはただごとではない物語である。

ぼく自身が、映像化したいと思った初めての話である。どこかでそういう話があれば、予算六〇億で手を打つ。

かつて超能力による闘いを、このようにリアルに文章にした者もいないし、映像にした者もいない。

おもしろい映像が、おれのこの『混沌の城』でやれるのだぜ。

映像屋は今すぐに、スポンサー捜しに走りなさい。

このとてつもない物語を「週刊宝石」に書き出したのは、三年前の九月である。

その連載が延びに延びて、およそ一年後の九月に完成したのだが、それは、連載の都合上、仮に終わらせただけのものであった。

それに一六〇枚を書き足すまでに、なんと、今日まで三年かかってしまったことになる。

もっと早くやることも可能ではあったかもしれないが、少ない時間のやりくりの中でやると、この濃厚な香りを持った物語が、その艶を失ってしまうような気がして、できなかったのだ。

順序から言えば、祥伝社の書下ろしである『牙の紋章』を先にやらねばならず、この間は、個人的な事情で、あたふたしていた時期でもあったのだ。

完成して、気分はすがすがしい。

本当に嬉しい。

夢枕獏の大河伝奇ロマンの復活を、本書をもってここに告げたいと思う。

長い話が終わった直後は、嬉しくて嬉しくて、仲の良い友人に電話をして、ビールを一杯つきあわせたい気分になるのだが、いかんせん今、むこうはみな仕事中である。

独りで、乾杯！

大きな肩の荷が、『牙の紋章』にひき続いて、下りた。

あとは、小学館の『妖獣王』が残るばかりである。

これは、来年中になんとかしたい（もう少し待って下さい白井さん）。

でかい話を書くのは楽しい。

本書は、いつの間にか、三部作として予定されていた『月に呼ばれて海より如来《きた》る』(広済堂出版)の、三巻目的な性格を持つことになった。

本書をもって、『月に呼ばれて——』の三巻目としたい。

つまり、『月に呼ばれて——』で書かれてないのは、あと、江戸時代を舞台にした、平賀源内を主人公にした二巻目のみということになる。

これも、なんとか書き出したいのだが、他に、前からの約束の分で終わってないものがいくつかあり、本当にいつたどりつけるかわからなくなってしまった。

かんべんして下さい。

必ずやるつもりではいるのです。

いや、ともかく良い気分です。

この分では、本書の二部の再開も、案外早いかもしれない。

色々書き残した分をまとめて、あと一千枚は書くつもりである。

それとも、書くぞ書くぞと言って、絶対に書かないというのも、伝奇小説のひとつのあり方ではあるだろう。

まあ、今はどうでもいい。

もう一杯ビールだ。

気分がいいのだ。

自分が、ぐいぐいと変化してゆくのを、感じるのは、実に嬉しい。

この夏は、『キマイラ』を再開し、『沙門空海唐の国にて鬼と宴す』を再開し、『大帝の剣』を再開し、本書を書きあげ、『餓狼伝』、『新・魔獣狩り』をやることになっており、ほどなく『黄金宮』、『獅子の門』も書き下ろすことになっているのだ。その他、無茶苦茶なスケジュールの中にいっきに突入することになる。

仕事のしすぎだが、いささかの覚悟はある。

自負もある。

ライフ・ワークも決まりつつある。

神よ神よ、本当に、お願いですから、あと二〇年——いや、一五年の寿命を、ぼくに下さい。

一九九一年　九月十日

新宿にて　夢枕　獏

解説　物語は終らない　――螺旋《らせん》の迷宮『混沌《カオス》の城』――　大倉貴之

（一）

小説界に衝撃が走った。

「オール讀物」二〇二一年六月号掲載の『仰天・俳句噺』によってだ。本来なら同誌には『陰陽師』最新作が掲載されるのが常なのだが、「仰天」が付く「俳句噺」。過去の著作に『仰天・プロレス和歌集』と『仰天・文壇和歌集』があったから、今度は俳句でということなのか？　夏井いつきさんとの交流や俳句作りについての発言はあったが、どうしたのかと思って読み進めると、唐突に「びまん性大細胞型B細胞リンパ腫」つまり著者はリンパ癌のステージⅢであるという告白。しかも抗癌剤治療中で小説の連載を休むことにしたというではないか。

この驚くべき連載は、全七回で完結、補遺を加え『仰天・俳句噺』（二〇二二年／文藝春秋）となった。幸い連載第六回（同誌十二月号）で、リンパ癌の寛解《かんかい》（完治ではない）が報告され、二〇二二年には、小説の連載も徐々に再開され、これを書いている時点では、「小説推理」『新・餓狼伝 巻ノ六 変幻自在編』、「SFマガジン」『小角の城』、「小説すばる」『明治大帝の密使――黄金伝説忍法帖――』、「文芸カドカワ」『蠱毒の城』、「読楽」『闇狩り師 摩多羅神』は再開、「一冊の本」『キマイラ 呪殺変』、「別冊文藝春秋」『ダライ・ラマの密使』も間もなく再開されるようだ。そして、思いがけないことに「ビッグコミックスピリッツ」（小学館）に一九八四年十二月から八七年一月まで掲載されながら未完だった『妖獣王』が復活、著者が新たに加筆改稿して「小説NON」六月号から新たに連載がスタートしたのだ。

『陰陽師』『餓狼伝』『闇狩り師』『キマイラ』といった人気シリーズに加え、連載途中であるため出版されていない作品としては、前述の徳川埋蔵金を巡る暗闘を描く『明治大帝の密使――黄金伝説忍法帖――』、関ヶ原の合戦前夜を舞台にした『小角の城』、十九世紀～二〇世紀のアジア内陸部におけるイギリスとロシアの勢力圏抗争を舞台にホームズと川口慧海が出会う『ダライ・ラマの密使』、遣唐使・井真成の冒険を描く中国歴史譚『蠱毒の城 月の船』がある。さらには謎に包まれた寛永御前試合を舞台に各地の強者たちが、命を削り合う小説現代『真伝・寛永御前試合』は、コミカライズ（雨依新空「ヴィラネス――真伝・寛永御前試合――」）もあるが、まだ連載を再開するか未定のため出版はされていない。何れもタイトルだけでワクワクさせてくれる物語群であり、連載、完結、出版が待たれる。
闘病記であり、著者が近年強く惹かれている縄文時代と俳句への愛に満ちた『仰天・俳句噺』の「あとがき　言葉の力・そしてあれこれ」には、

どうやらぼくは、私は、もう少し、この好きな仕事をやってゆけそうです。

とあり、モンゴルの猟師が持っていたソ連製ライフルをめぐる『モンゴルの銃弾』、イギリスから南アフリカまでレインボートラウトを運んだ日本人漁師を描く『レインボー』などの小説の構想が披露されている。これは、本人が自覚しているかどうかは判らないが、常に「たくさんの物語」を抱えた作家でありたいということなのだろう。正に物語に全身全霊を捧げた作家なのだ。

（二）

さて、本書『混沌《カオス》の城』は、光文社「週刊宝石」で一九八八年九月九日号から八九年九月二八日号まで連載、更に一六〇枚を書き加え、単行本として九一年九月に刊行された。

その後、九五年にカッパ・ノベルス、九八年に光文社文庫より刊行されたものである。

そして「初刊本あとがき」にあるよう、本書は三部作を想定していた〈月に呼ばれて海より如来《きた》る〉の最後の物語である。まず、この三部作を便宜上〈月に呼ばれて海より如来る・サーガ〉として話を進める。

〈月に呼ばれて海より如来る・サーガ〉は、『月に呼ばれて海より如来る・第一部』（八七年廣済堂出版／九九年廣済堂ブルーブックス／二〇〇一年徳間文庫）の「あとがき」で明かされた構想によれば、第二部は舞台を江戸時代に、第三部において舞台は再び現代にもどる予定とされていた。

『月に呼ばれて海より如来る・第一部』の主人公・麻生誠は、信仰の対象として登山が禁じられているヒマラヤ・アンナプルナ山群の聖峰マチャプチャレにアタック中、友を雪崩《なだれ》で亡くし、凍傷で指を五本失いながらも、その頂上に立つ。そこで麻生が目にしたものは、月光に光り輝く螺旋《らせん》の群れ―オウムガイの化石であった。帰国後、麻生に変化が起こる。マチャプチャレの頂きで見た神秘的な螺旋を思い描くと、耳の奥に澄んだ鈴の音が聞こえ、二、三秒先の未来が見えるようになったのだ……。

そう、『月に呼ばれて海より如来る・第一部』は、「螺旋」を物語の中心に据え、著者の代表作のひとつで、第十回日本SF大賞と第二十一回星雲賞（日本長編部門）を受賞した『上弦の月を喰べる獅子』（八九年／早川書房）に先行し共鳴する作品だったのだ。『上弦の月を喰べる獅子』が遺伝子の構造でもある二重螺旋のように人称や文体すらも変容する二重の構造にこだわりぬいた思弁小説であり、〈月に呼ばれて海より如来る・サーガ〉の第三部としての本書は、地球規模の異変が起きた後の世界を舞台にエンタテインメント方向に大きく舵を切った作品なのである。

なお、〈月に呼ばれて海より如来る・サーガ〉第二部として構想されていた平賀源内を主人公にした物語は、怪獣映画の古典『キングコング』のフレームを用いた長篇小説『大江戸恐龍伝』になった。史実と奇想が入り交じるストーリーながら、冒頭にアンモナイトが登場するが〈月に呼ばれて海より如来る・サーガ〉からは独立した存在となっている。

（三）

本書の舞台は、二〇一二年に起こった〈異変〉から一四三年後、西暦二一五五年の世界。主人公の唐津《からつ》武蔵は、大ぶりの日本刀（斬馬刀）を持つ巨漢。蓬髪《ほうはつ》を頭の後ろで束ね、上半身は裸でボロボロのジーンズを穿き、素足である。『闇狩り師』の九十九乱蔵《つくもらんぞう》、いや『大帝の剣』の万源九郎《よろずげんくろう》のような男らしいヒーローである。他に一種の超能力である螺力を操る邪悪な美青年や鰓《えら》のある男、不思議な機械を自作する賞金稼ぎ、不思議な体術を繰り出す蛟《みずち》族などが次々と登場、永井豪『バイオレンスジャック』（七三年〜）や映画『マッドマックス2』（八一年）の上を行くポスト・アポカリプス（何らかの理由で現在の文明が崩壊した後の世界を描く）小説なのである。

文明社会が崩壊した原因である〈異変〉――瞬間的な大陸の移動が起き、同時に月が地球に近づきはじめた――そして異変後は突然変異種が生まれ、本来なら子孫を残せないそれらが交配して子孫を残せるようになっているという過剰な世界。その原因は、宗教団体六連《むづら》一族と秋葉財団が進めようとしていた「螺王プロジェクト」にあるといわれている。異変の原因であり特殊な能力の源である螺王とは何か、金沢城の地下二〇〇メートルにあるといわれるそれは、『月に呼ばれて海より如来る・第一部』で麻生がマチャプチャレの頂きで見た神秘的な螺旋と同じものなのか、それとも……。

本書につづく『混沌《カオス》の帝国』と『混沌《カオス》の（未定）』は、主人公、唐津武蔵が「大螺王」を求めて金沢から京へ、さらに江戸へと活躍する物語として構想されていたと思われる。そしてそれらを繋ぐと思われるキーワードが、織田信長による比叡山延暦寺の焼き討ち現場を描いた「序章」に登場する、空海が唐から持ち帰ったとされる『秘聞帖』であり、本書に見え隠れする織田信長と森蘭丸の影である。

改めて現在の時点で本書を読むと、常人とは異なる能力を持ったもの同士の迫力のある闘い、過剰なエロスとヴァイオレンス、関係性が複雑な登場人物たち、明かされない謎への興味、ポスト・アポカリプス世界と金沢という古都のイメージの不思議な親和性などが混然一体となった読み応えに圧倒される。異形の未来を描いた小説なのに、八〇年代後半から九〇年代にかけての時代を感じる。
願わくば、常に「たくさんの物語」を抱えた作家の次作候補に『混沌《カオス》の帝国』がありますように。

二〇二二年八月

◆参考文献

夢枕獏『仰天・俳句噺』文藝春秋
夢枕獏事務所 編『夢枕獏全仕事　仰天・夢枕獏　特別号』波書房
夢枕獏『聖楽堂酔夢譚』本の雑誌社／集英社文庫
夢枕獏『あとがき大全　あるいは物語による旅の記録』波書房／文春文庫

本書は1998年5月光文社より刊行されました。
なお、本作品はフィクションであり実在の個人・団体などとは一切関係がありません。

徳間文庫

混沌《カオス》の城《しろ》 下

2022年10月15日 初刷

著者 夢《ゆめ》枕《まくら》獏《ばく》

発行者 小宮英行

発行所 株式会社徳間書店

東京都品川区上大崎三−一−一 〒141−8202
目黒セントラルスクエア

電話 編集〇三(五四〇三)四三四九
販売〇四九(二九三)五五二一

振替 〇〇一四〇−〇−四四三九二

印刷 大日本印刷株式会社
製本

ISBN978-4-19-894788-0 (乱丁、落丁本はお取りかえいたします)